우울에 균열 내기

WAYS
to
CRACK
the
BLUES

warm gray & ***blue***

For those who are facing a solid wall of blues.

두터운 우울의 벽을 마주하고 있는 당신에게

We have collected

the ways to crack the wall

들어가는 말 '우울함이 나를 공격할 때 내 몸을 보호할 수 있는 방법에 대해 써보자'라던 것이 우리의 시작이었습니다. 그리고 우울을 상대로 내 몸을 지킨다는 것의 의미를 고민해 보았습니다.

　　　균열. 우울이라는 두꺼운 벽에 자그마한 틈을 내는 것만으로도 우리는 다시 삶이 있는 쪽을 향해 고개를 돌린다는 것을 깨달았습니다. 그렇게 아주 쉬운 일부터 조금 품이 드는 일까지 조금씩 조심스럽게 담아보았습니다. 당신 앞의 두꺼운 우울의 벽에 작은 균열을 낼 수 있길 바라며, 그 틈으로 삶의 빛이 새어 들어오길 기도하며.

Intro It all began with the idea of writing about how to protect ourselves when depression attacks us. And we began to reflect on what it truly means to protect ourselves against depression.

Cracks. We realized that even a tiny crack in the thick wall of depression can make us turn our heads again toward life. With that in mind, we started gently collecting small things—from the very simplest acts to those that take a bit more effort. We hope you'll be able to create a small crack in the solid wall of your own depression, and we pray that through that crack, the light of life may seep in.

LEVEL 1

Clean
bathroom
tiles.

타일 사이 줄눈 닦기

● 　　　　꼼짝달싹할 수 없던 날에는 새벽 네 시쯤
침대에서 일어나 화장실 타일 사이 줄눈을 닦았습니다.
작은 솔질만으로도 나는 때를 벗긴다는 작은 성취를 느낄
수 있었습니다. 작은 성취는 내 철옹성 같은 우울의 벽에
작은 균열을 일으켰습니다. 당신에게 작은 균열이 될 행동은
무엇일까요?

Pick up
the scent
around you.

누워서 킁킁 주변의 향만 따라가기

● '우울할 땐 ○○을 해!'라는 말이 미울 때가 있습니다. 우울이 뭔지 알지도 못하는 사람들이나 하는 말 같죠. 정말 우울하면 꼼짝도 할 수 없는데 말입니다. 하지만 자꾸만 마음이 심연으로 빠지는 것도 막고 싶습니다. 그럴 땐 가만히 눈을 감고 누워서 주변의 향이나 냄새를 따라가 보는 건 어떨까요? 아… 이건 아까 먹은 김치찌개 냄새… 이건 화장실에 놓아둔 방향제 냄새… 온몸을 휴식 모드에 두고 코를 킁킁거림만으로도 심연으로 뚜벅뚜벅 걸어가는 내 마음에 제동을 걸 수 있습니다.

Clip
your nails.

손톱 깎기

■　　　손가락 하나 까딱하기 어려울 때가 있습니다. 씻는 것도, 먹는 것도 못 한 채 지나가는 하루. 과연 세상에 나의 쓸모란 어디에도 없을 것 같은 기분. 그렇게 며칠이 흘러버릴 때마다 몸을 일으켜 가장 먼저 찾는 것은 손톱깎이입니다. 며칠 새 신경 쓰지 못해 하얗게 올라온 부분이 눈에 들어와요. 화장지 한 칸을 뜯어 바닥에 쭈그려 앉습니다. 오른손잡이인 나는 오른손에 손톱깎이를 들고 왼손부터 다듬기 시작해요. 동그란 손가락 끝을 따라 굴곡진 모양으로 천천히 토각 토각. 하얀 부분이 보이지 않을 정도로 바짝 잘라냅니다. 왼손 엄지부터 새끼손톱까지 자르고 나면, 다음은 오른손 차례. 여기저기 굳은살과 거스러미마저 정리합니다. 똑같은 손가락인데도 불구하고 새로 태어난 것만 같은 기분이 들기도 합니다. 이 멀끔해진 손가락으로 무엇이든 할 수 있을 것만 같아요. 싱크대 앞에 나를 데려다 놓을 작은 힘이 생깁니다. 사흘에 한 번씩 좌절하는 게 습관이었던 나는 지금도 나흘에 한 번 손톱을 자릅니다.

Let it be.

시간을 흘려보내기

●   시간이 약이라는 말이 있습니다. 스스로에게 '넌 돌이야'라고 최면을 걸고 강물 속으로 던져버립니다. 그리고 강물이 돌 위를 마구 쓸며 지나가도록 그냥 두어봅니다. 그렇게 시간이 흐르게 둡니다. 시간이 흐르고 또 흐르고, 충분히 흐를 때까지 눈물도 같이 흘려보냅니다. 그러다 어느 순간 강물에 던져둔 돌을 꺼내어 봅니다. 촉촉하고 반질반질합니다. 눌러보니 여전히 단단합니다. 괜찮습니다. 눈물에 촉촉해져도 우리는 여전히 반질반질하고 단단하니까요.

Waste your time.

시간 낭비하기

⬟   시간을 낭비하는 방법에서 가장 중요한 것은 마음
편하게 낭비하는 것입니다. 불안과 걱정, 스스로에 대한 한심함
따위를 안고 시간을 흘려보낸다면, 그 무엇도 되지 않는 시간이
됩니다. 지금 이 순간 시간을 낭비하게 되었다고 생각한다면
최선을 다해 낭비해 보세요! 그렇다면 당신에게 다시 도약할
힘이 생길지 몰라요.

Do nothing.

아무것도 안 하기

▲   가끔 아무것도 하지 않는 하루를 보냅니다.
핸드폰을 저만치 멀리 두고 정적 속에 머무릅니다. 바깥에서
아주 작은 소리들이 들려오고 시간은 느리게 흘러갑니다.
가만히 그 시간을 마주하는 날입니다.

Hold
your dog
close.

강아지 끌어안기

● 　　　털북숭이야 이리 와서 내 품에 안겨줘. 너의
꼬순내를 맡고, 너의 까만 눈을 바라볼래. 네 세상에는 온통
나밖에 없는 것처럼, 오늘만큼은 내 우주에서 모든 걸 몰아내고
너만 남길래.

Play -
The floor
is lava!

횡단보도 흰색만 밟기

■　　　폴짝폴짝. 횡단보도의 흰색 부분만 골라 발을 디딜 때 느껴지는 투명하고 천진한 마음.

Sometimes, giving up is our best option.

어쩔 수 없는 건 어쩔 수 없다고 되뇌기

●   '놓을 때 힘이 있는 사람'이라는 메모를 해둔 적 있습니다. 우리는 어쨌거나 살아갑니다.

Fall asleep.

일단 잠에 빠져들기

● 　　　고등학교 1학년 때부터 저는 잠이 많았습니다. 0
교시에 잠에 빠져들어 점심시간이 지나고서야 책상에서 눈을
뜰 때도 있었어요. 중학생 때는 상상도 못 할 일이었습니다.
'불편할 텐데 어떻게 책상에서 잠이 들 수 있는 거야?'
모범생이었던 전 그렇게 생각했습니다. 그런데 1학년 1학기부터
잠꾸러기가 되어버리다니. 사실 전 왕따였습니다. 중학생
때도 왕따였지만 그래도 공부는 잘했어요. 그래서 선생님들의
사랑을 듬뿍 받았죠. 학교생활이 그렇게 싫진 않았어요. 그런데
기숙사 고등학교에 들어오니 제 성적은 어떤 선생님의 눈에도
특별하지 않았고 여자애 하나가 저의 과거 왕따 경력을 굳이
캐내서 소문을 내는 바람에 저는 다시 왕따가 되어버렸습니다.
기숙사 학교이니 부모님을 대신하는 보호자인 선생님들에게도
보호받지 못했고 학교 친구들에게서도 항상 차가운 기운이
풍겼습니다. 숨고 싶었어요. 전부 피하고 싶었어요. 지금은 그때
길고 길었던 수면 시간이 저의 방어 기제였다는 걸 압니다.
지금 생각해 보면 몽롱하게 잠에 빠져 4교시가 스쳐 가버린 후
책상에서 깨어나면 '이제 몇 교시 안 남았어' 하면서 안심했던
것 같습니다. 여러분의 방어 기제는 뭔가요? 일단 잠에 빠져보는
건 어때요?

Sit in
a corner.

구석에 앉기

▲   학창 시절에는 1분단이나 4분단을 좋아했습니다.
가능하면 맨 끝줄에 앉고 싶었습니다. 버스를 타면 뒤쪽과
가까운 빈자리를 제일 좋아합니다. 벽을 등지고 있거나
끄트머리 자리에 있으면 안정을 느낍니다. 침대 구석에
웅크리고 있으면 편안해지고요. 가장 좋아하는 자리가
어딘가요? 그곳에서 잠깐 쉬었다 가요.

Collect the traces of those you love.

기둥 세우기

■　　　집에서 오래 머무는 편입니다. 시선이 가장 자주 닿는 곳에 사진과 편지 몇 장을 걸어두고 틈틈이 들여다봅니다. 거기에는 사랑하는 사람들의 얼굴, 손 글씨로 꾹꾹 눌러 적은 마음들이 빼곡합니다. 당장 곁에 있지 않아도 보고 싶을 때마다 언제든 눈으로 그들을 쓰다듬을 수 있습니다. 나는 이 구역을 이 집에서 가장 튼튼한 기둥이라고 표현합니다. 당신의 공간에도 그런 기둥이 있나요?

Don't hold back your tears.

실컷 울기

▲　　　가끔 펑펑 우는 날이 있습니다. 어떤 날은 곰곰이 생각해 보아도 이유를 모르겠는데 눈물이 쏟아집니다. 그런 날이면 참지 않고 울어버립니다.

Cry it out.

펑펑 울어버리기

● 　　　울어버려요. 그냥 다 울어 내버려요. 아무것도 남는
것이 없을 때까지.

Let the tears fall quietly.

가만히 눈물 흘리기

■　　　소리 없이 흐르는 눈물과 마주해요. 세상에 눈물과
나, 둘만 남은 것처럼.

Hydrate through the crying.

물 들이켜기

● 눈물을 흘리며 쏟아낸 수분을 보충할 만큼 물을 벌컥벌컥 들이켭니다. 또 힘내서 울 수 있게. 어떤 슬픔에는 그저 흘려할 눈물의 양이 정해진 것 같습니다.

Look for a shoulder to lean on.

기대어 보기

● 너무 많은 기댈 곳을 찾아 헤맸습니다.
때로는 상처를 받기도 했지만 많은 이들이 내게 그 품을
내어주었습니다. 너무나도 따뜻한 품과 작은 토닥임은 내가 또
다른 이들에게 기대어질 수 있게 했습니다.

Focus on the sensation at the tip of your fingers.

손끝으로 주변을 느끼기

●   가만히 누워서 후각으로만 주변을 탐색하며
심연으로 가는 마음을 멈춰 세울 수도 있지만 10개의 손가락
끝으로 내가 누운 바닥을 더듬어 볼 수도 있습니다. 지금
어떤 촉감 위에 누워 있나요? 보들보들한 극세사 이불 위?
바삭거리는 인견 이불 위? 아니면 맨들맨들한 바닥 위? 가끔은
감각에 집중하는 것만으로도 심연에서 벗어날 수 있습니다.

Walk with your chin up.

고개 들고 걷기

■　　　수영을 가던 어느 날, 그때는 주로 노이즈 캔슬링 기능이 없는 줄 이어폰을 사용하던 시절이었습니다. 크게 틀어놓은 음악 사이로 갑자기 새소리가 들려오는 거예요. 옆을 지나가는 아주머니들의 말소리도요. 그리고 문득 고개를 들었습니다. 글쎄, 소리 소문도 없이 벌써 봄이라며 나뭇가지 끝에 분홍빛이 감도는 걸 발견했습니다. 그날은 수영장을 다닌 지 8개월이 된 시점이었습니다. 같은 길을 숱하게 오가면서 계절과 제대로 마주하지 못할 정도로 고개를 숙인 채 걸어 다녔다는 사실이 새삼 와닿았습니다. 그날은 수영하는 내내 수경 안에 차오르는 눈물을 닦아내느라 혼났어요. 혹시 고개를 숙인 채 걷고 있었나요. 한 번쯤 주변을 둘러보기를 바랍니다. 자연스레 내 눈과 귀를 두드리는 장면과 소음을 마주해보아요.

Give
a big hug.

안아 주기

▲   괜찮아.

Set the background music of the day- let it lead your day.

하루의 배경음악 정하기

■　　　아침에 일어나 알람을 끄면 누운 상태 그대로 잠시 플레이리스트를 들여다봅니다. 하루의 기분을 결정해 줄 음악을 골라요. 기운 넘치게 시작하고 싶은 날에는 힙합을 재생하기도 하고, 차분히 집중하고 싶다면 가사가 좋은 인디 음악을 고릅니다. 간밤에 생각이 복잡해 정리가 좀 필요하다면 이방의 언어로 가득한 노래를 선택해요. 한 곡 반복 재생을 돌려놓고 기상과 동시에 해내기로 했던 나와의 약속을 하나하나 수행합니다. 스트레칭하기, 세수하고 양치하기, 영양제 챙겨 먹기, 따뜻한 물 마시기, 환기하기, 식물과 인사하기. 나열하고 보니 참 간단한 일들이 그때는 왜 그리 어렵고 힘겹게만 느껴졌을까요. 마침 이 글을 적으며 꼭 같이 듣고 싶은 노래가 떠올라 남깁니다. 나이트 오프의 <그러나 우리가 사랑으로>.

Look around every corner of your place.

집안 곳곳 둘러보기

● 　　　우울에 균열을 내는 가장 좋은 방법은 역시 다른
곳으로 주의를 돌리는 것 아닐까요. 잠시 다른 생각을 하는
것만으로도 우리는 조금 안전해집니다. 집안 곳곳을 그저 걸어
다녀볼까요. 방 모서리 쪽으로 눈길을 돌리니 벽지가 어긋나게
붙어있습니다. 끝이 조금 떠 있네요. 괜히 손으로 벽을 쓸어내려
보기도 합니다. 이 공간이 내게 주는 의미를 생각해 봅니다.
이번에는 화장실에 가 볼까요. 세면대 모서리에 전에 닦으며
놓친 붉은 곰팡이가 있습니다. 발견한 김에 세면대를 한번
휘리릭 닦고 말끔해진 모습을 보며 뿌듯해도 좋습니다. 집
탐색을 계속합니다. 친구가 준 쪽지를 보고 그때 기분을 다시
느껴보기도 하고, 냉장고에 부모님이 주신 김치를 보며 괜히
집에 한번 내려갈까 생각도 합니다.

Wash your pillow cover stained with your tears.

베갯잇 세탁하기

■   식은땀으로 축축해지고 마르기를 반복한 얇은 천. 며칠 새 눈물과 켜켜이 베고 누웠던 베갯잇. 간밤에 꾼 악몽도 함께 깨끗하게 세탁해버려요.

Drift away into your imagination.

상상하기

▲　　　　쉽게 공상에 빠집니다. 샤워를 하거나 잠자리에
들어서는 물론이고 창밖을 내다보면서도, 무리에 섞여 있을
때도 혼자만의 세상을 유영합니다. 기왕이면 멋진 상상을
해봅니다. 내가 좋아하는 것들로 가득한 장면들이 그려집니다.
특히 단어를 가지고 노는 일은 상상 이상으로 재밌습니다.
올망졸망, 소복이 같은 부사에서 시작하는 나만의 상상 여행
어떤가요.

Observe the cross-sections of vegetables.

채소 단면 관찰하기

■   청경채 밑동, 파프리카 단면, 송송 썬 대파. 나와의
식사가 시작되며 식재료에 대한 관심이 늘었습니다. 그중에서도
흥미로운 것은 칼질 후 만날 수 있는 채소의 단면입니다. 예상치
못한 얼굴을 한 채소와 만나면 재미있는 발상이 떠오르기도
합니다. 귀여운 채소 자투리를 버리지 못해 싱크대 한구석에
가만히 올려두곤 주방을 오가며 잠깐씩 들여다보기도 해요.
짧은 몰입에서 느낄 수 있는 소소함. 일상에 조미료가 됩니다.

Take a big bite of a creamy cake.

고구마 크림빵 한입 가득 먹기

●   겉면에 카스텔라 가루가 잔뜩 묻어있고 속은
달지 않은 크림으로 꽉 찬 고구마 크림빵을 좋아하세요?
밖에서 먹으면 가루가 후두두 떨어지기 쉬워서 집에서 편안한
차림으로 먹어야 하는 빵입니다. 먹어야겠다고 마음을 먹으면
자연스럽게 나에게 가장 편한 장소를 찾게 되는 빵. 편하고
안전한 장소에서 크림이 잔뜩 든 빵을 한입 크게 베어 물어
보세요. 그리고 입안 가득 찬 부드러움과 달콤함, 편한 장소가
주는 아늑함을 느껴보는 건 어떨까요?

Have an ice cream.

아이스크림 먹기

▲　　　아이스크림을 좋아합니다. 가끔 집 근처 아이스크림 할인 매장에 들러 갖가지 아이스크림을 잔뜩 사다가 하루 종일 먹습니다. 그마저도 귀찮으면 배달 앱을 통하기도 하고요. 저걸 내가 다 먹었나 싶을 정도로 아이스크림을 먹고 나면 어쩐지 기분이 나아집니다.

Noodles never let you down.

퉁퉁 불은 면치기

● 　　　훌쩍이며 울다 보면 배가 고파옵니다. 이럴
때는 빠르고 만들기도 쉬운 라면이 좋죠. 라면의 매콤하고
얼큰한 국물이라면 지금 이 눅눅한 감정에 날카로운 펀치를
날려줄지도 모릅니다. 라면이 보글보글 끓는 소리에 나의
훌쩍임이 조금 가려집니다. 완성된 라면을 식탁으로 가져와
조금 식을 때까지 더 웁니다. 슬픔의 크기만큼 퉁퉁 불어버린
면은 입안으로 밀어 넣고 쑤욱 빨아당깁니다. 꼭 라면이
아니어도 좋습니다. 와글와글 모여있는 면을 한입 가득 먹고
씹으면 기분이 나아질 거예요.

Don't keep expectations.

기대하지 않기

⬟　　　가끔 굉장히 부정적으로 결과를 상상합니다. '이게 잘 되겠어?' 하는 생각은 오히려 조금이라도 더 좋은 결과를 내기 위해 더 노력하게 만듭니다. 결과적으로 잘되지 않더라도 '역시 안 됐구나' 생각하기도 하고, 잘 되면 더 기쁘겠죠. 사람에도 마찬가지입니다. 타인에게 너무 많은 것을 기대하지 않는 것은 실망을 줄이죠.

Stare at tall buildings at night.

불 켜진 아파트 단지 바라보기

●   밤 산책을 나서서 줄줄이 늘어서 있는 벌집 같은
아파트 단지를 바라봅니다. 한칸 한칸 빽빽하게 불이 들어와
있는 커다란 아파트 건물을 보며 저 칸마다 다른 우주가 있다는
생각을 종종 합니다. 칸마다 다른 구성의 사람들이 저마다 다른
역사, 다른 기쁨과 슬픔, 다른 성공과 아픔을 겪어나가겠지요.
그리고 저마다 자신의 우주가 유일하다고 생각하겠지요. 슬픔이
너무 커서 내 우주를 가득 채우고 내 우주만이 유일하다는
생각이 들 때마다 저 아파트를 바라봅니다. 모두 각자의 우주를
살아가고 있다. 그 사실을 되뇌고 집으로 돌아오면 어느새
슬픔이 조금 가셔있을지도 몰라요.

Meet your reflection with love.

거울 속 나와 마주하기

■　　　언젠가 거울 속 나의 두 눈을 바라볼 자신이
없었습니다. 누군가를 미워하기 시작하면서 그들을 닮은
거울 속 내가 안타까운 건지 혐오스러운 건지, 알 수 없는
기분에 휩싸였어요. 미움과 사랑은 동전의 양면처럼 달라붙어
오래도록 나를 괴롭혔습니다. 이제는 어렴풋이 알아요. 우리는
미워해서 사랑할 수 있고 사랑해서 미워할 수 있다는 것을요.
세수하고 화장할 때마다 거울 속 나를 애정 어린 시선으로
쓰다듬어 봅니다. 오늘 이렇게 우리가 눈을 마주하기까지 고생
많았다면서요. 마주할 수 있어 참 다행이라고요.

Recall
the time
you shined.

호시절 떠올리기

▲   과거의 찬란했던 한때를 추억하는 건 저의
취미입니다. 인스타그램에 올려 자랑할 만한 일이 떠오르지
않나요? 제가 말하는 호시절은 그런 게 아닙니다. 사람들의
부러움을 사는 일은 대개 찰나의 기쁨에 불과합니다. 생의
본질적인 즐거움은 그 일을 해내는 과정이나 아주 사소한
기쁨에 더 가까이 있습니다. 적당한 바람이 불어오는 마루에서
잠든 여름 오후나 마음이 맞는 동료들과 모여 도시락 나눠 먹기,
처음 통귤 탕후루를 먹었을 때! 생각만 해도 기분이 좋아집니다.

Say hi with a simple question: "Have you eaten?"

끼니 안부 나누기

■　　　'밥은 잘 챙겨 먹고 있어?' 그런 안부를 좋아합니다.
어쩌면 잘 지내냐는 안부보다 더 좋아해요. 듣는 것도 묻는 것도
좋아합니다. 보애 씨가 나에게 물려준 유산 중 하나는
'사람은 아무리 미워도 잘 챙겨 먹여야 한다'는 말입니다.
한때는 나 자신이 미워 자의로 끼니를 거르며 지낸 적이
있습니다. 밥 먹을 가치조차 없는 인간으로 느껴졌기
때문입니다. 부쩍 야위어가면서도 반대로 타인의 끼니
안부가 궁금했습니다. 그때 나는 안부 하나를 여태 간직하며
살아갑니다. '다 살자고 하는 일인데 끼니 거르지 마.' 나와의
식사는 그렇게 시작되었습니다. 슬픔에도 체력이 요구됩니다.
마음이 버티지 못할 땐 몸이라도 버텨야 살아져요. 그래야 또 울
수 있는 힘도 나더라고요.

Stop holding on to something.

애쓰지 않기

⬠   내가 너무 꼭 쥐고 있어서 나를 죽이는 것들을
그만두는 일도 필요하다고 생각해요. 그게 아무리 내가
사랑하는 것이라 하더라도 말이죠.

Do not say sorry.

미안해하지 않기

● 　　　누군가에게 미안하다, 죄송하다 습관적으로 말하면서 문득 생각했습니다. '이게 진짜 미안하고 죄송할 일인가?', 후로 저는 정말로 미안함을 느낄 때에만 미안함을 내비치기로 했습니다. 미안하다는 말이 나를 깎아내고 있다는 생각을 한 이후로 말입니다.

Take a slow drag from a thick cigarette.

두꺼운 담배 피우기

● 　　　　두 종류의 담배를 가지고 다닙니다. 얇은 담배와
두꺼운 담배. 평소에는 건강을 위해 얇은 담배를 피우다가
우울한 날에는 두꺼운 담배 한 개비를 들고 조용하고 바람이
불지 않는 곳으로 갑니다. 밤이라면 더 좋겠습니다. 불을 붙이고
한 모금 빨아들일 때 조용히 종이가 타들어 가는 소리에 귀를
기울입니다. 그렇게 또 한 모금, 한 모금을 빨아들이면 금방
온몸이 묵직해지고 차분해지는 기분이 듭니다.

Go back to the dog-eared page.

모서리 접기

■   마음이 어려울 땐 아무것도 읽을 수 없어요. 아무리
읽어도 까만 것은 글자, 하얀 부분은 종이입니다. 마음이
과거나 미래에 있는 탓입니다. 그럴 땐 비교적 마음이 좋았던
시절에 읽은 책들을 펼쳐봅니다. 때마다 읽으며 느꼈던 순간의
감정으로 접어 둔 귀퉁이. 마음 깊숙하게 내려앉은 페이지는
아랫부분 모서리를 접습니다. 마음이 동동 떠올랐던 페이지는
윗부분 모서리를 접습니다. 그렇게 접어둔 모서리들은 다시
나를 지금, 여기 머물 수 있게 해줍니다.

Take a long and warm shower.

길고 따뜻한 샤워하기

● 　　　알아요. 자리에서 일어나는 것조차 힘든 거. 하지만 매일 날 씻기고 먹이기만 해도 기분이 한결 나아질 겁니다. 믿어보세요. 그러니까 일단 씻어 보자고요. 아끼는 비누가 있나요? 없어도 상관없어요. 손으로 마구 문질러서 보글보글 조용히 터지는 거품소리에 귀를 기울여 봅니다. 손을 쥐었다 펴면서 거품의 질감을 느낍니다. 그리고 오래오래 꼼꼼히 몸을 문지릅니다. 마지막으로 뜨거울 만큼 따뜻한 물에 오래, 아주 오래 거품을 씻어 내립니다. (눈물을 함께 씻어 내려도 좋아요.) 씻겨 내려가는 거품을 보면서 우울했던 기분이 배수구로 버려지는 상상을 해봅니다.

Take a walk.

산책하기

▲   주로 밤에 합니다. 지나다니는 사람과 차가 적어
어렵지 않습니다. 고요한 시각에 어둠 사이사이를 밝히는
가로등을 따라 걷다 보면 잡념이 사라지는 때가 옵니다.
동네에서 의외의 풍경을 마주할 가능성도 높고요. 평소에 보지
못한 것들이 하나둘씩 눈에 들며 삶의 터전에서 벌어지는 크고
작은 변화를 느끼고 싶지 않나요. 현관에서 운동화를 신어
봅시다.

Explore your own secret walking route.

나만 아는 산책길 만들기

■　　　해가 지면 마음속에 지도 한 장을 들고 탐험을
떠납니다. 특히 무기력에 빠져 하루를 통째로 버린 날, 자정에
가까운 시간이더라도 몸을 일으켜 주섬주섬 집을 나섭니다.
늦게라도 움직이지 않으면 다음 날 더 깊은 무기력에 빠지기
때문입니다. 어디로 이사하든 마찬가지입니다. 반드시 공원이나
하천을 따라서가 아니더라도 괜찮아요. 도심 사이에서도 나만
아는 산책길을 그려봅니다. 긴 산책길은 10km 내외로 잡고
짧은 두 다리의 보폭으로 시간은 2시간 정도. 짧은 산책길은
집 근처로 30분 내외. 각각의 코스가 다릅니다. 길가에 핀
식물, 건물에 매달린 간판, 앞서 걷는 사람들의 걸음걸이, 나의
걸음걸이, 호흡과 방향에 집중하며 걷다 보면 어느덧 입고 있는
티셔츠가 땀으로 축축해집니다. 오늘 하루를 종료하며 찍은
점이 내일 아침으로 연결되는 선이 되기도 합니다.

Go for
a new
experience.

새로운 일에 도전하기

◆　　　삶의 범위를 넓히는 일은 새로운 가능성을 보게 합니다. 나에게는 해본 적 없던 수영이 그랬고, 먹지 않던 해산물이 그랬습니다. 완전히 다른 삶을 살아가는 새로운 사람들을 만나는 일도 마찬가지였죠. 새로운 삶의 방식이, 선택할 수 있는 대안이 있다는 생각은 내가 우울에 매몰되지 않게 합니다. 지금 상황에 매몰되어 있다고 느낀다면, 작지만 새로운 도전을 해보길 권합니다. 지금 이 삶만이 정답이 아니라는 것, 우리에게는 알지 못한 세계가 아직 남아있다는 호기심이 나를 다시 살게끔 했습니다.

Clean your shoes.

신발 닦기

▲   대만에서 온 친구가 짐 싸는 장면을 보았습니다.
현관 앞에 앉은 그는 물티슈로 신발을 닦아 더스트백에 하나씩
넣었습니다. 저라면 한 켤레만 신고 오거나 여분의 신발도
괘념치 않고 캐리어에 넣었을 텐데 그 모습이 신기했습니다.
저는 평소에도 신발을 대충 신는 편이라 꽤 놀랍기도 했습니다.
삶의 구석진 곳을 정돈하는 일. 평소의 나라면 해보지 않을
행동해 보기. 타성에 젖은 삶에 의외성을 더하면 새로운 문이
열립니다.

Find your hobby.

취향 찾기

▲   저는 이렇다 할 취향이 없는 편입니다. 마땅한
취미도 없고요. 하지만 좋아하는 작품을 즐기는 일은 빼놓을 수
없습니다. 영화나 드라마, 노래나 그림 모두 좋습니다. 사랑하는
영화와 드라마를 원할 때마다 OTT로 볼 수 있어 좋습니다.
가만히 틀어두기만 해도 됩니다. 좋아하는 작가의 책을 꺼내
읽는 밤도 있습니다. 특히 시집을 사랑합니다. 나만 이런 게
아니구나, 위로를 건네고 저렇게 살 수도 있구나, 밝은 문장을
만납니다. 읽다 보면 쓰고 싶어집니다.

Write.

글쓰기

나의 감정과 상황을 남기는 가장 쉬운 방법은 글쓰기가 아닌가 싶습니다. 나의 상황을 누군가에게 이야기하기 힘들다면, 글로 남기면서 상황에 대해 객관적으로 이해해 보는 건 어떨까요? 저는 오래도록 나의 삶에 대해 글로 남겨 왔습니다. 특히 세상에 홀로 남겨진 것만 같을 때 말이죠. 글 뭉치는 또 다른 누군가에게 전해져 때로는 공감이 때로는 위로가 되기도 했습니다. 혹시 모르죠, 당신이 지금 남긴 것이 누군가에게 읽힐지노 또 위로가 될지도.

Dump your feelings on your journal or blog.

블로그나 일기장에 비공개로 쏟아내기

● 　　　가족에게도, 친구에게도, 심지어 연인에게도
쏟아놓기 어려운 말이 있습니다. 쏟아놓았다가 사랑하는
사람들에게서 멀어질까, 들은 사람이 또 어떤 이야기를
내뱉을까 두려운 건지도 몰라요. 하지만 일기장과 비공개로
돌려둔 블로그 글은 복잡한 내 마음을 받아 듣고 조용히
담아 둡니다. 어쩌면 마음이 시끄러울 때 정말 필요한 건
마구 쏟아내기만 해도 되는 존재인가 봅니다. 종이에 담는
마음은 너욱 형식에서 자유롭습니다. 굳이 글만 적으란 법이
있나요? 마음에 드는 스티커를 붙여보기도 하고 황갈색 못생긴
색연필을 꺼내서 마구 칠해버리기도 해보는 건 어때요?

Write to someone you'll never name.

익명으로 편지 쓰기

■   혀끝에 맴도는 혼잣말, 차마 전하지 못한 문장들. 한데 모아 수신인이 불분명한 편지를 씁니다. 꼭 누군가에게 닿지 않아도 괜찮아요.

Bad things come all at once. But stay calm and let go of it.

차근차근 생각하기

▲   나쁜 일은 한꺼번에 온다고 했던가요. 하나가
꼬이기 시작하니 줄줄이 저를 괴롭히려고 줄을 서 있던 것만
같습니다. 깊은 우울과 무기력의 수렁으로 빠져들기 전에
생각을 멈춥니다. 지나갈 일은 지나가도록, 그렇지 않은 일이
있다면 나만의 비밀 노트에 써 내려가거나 친구들과 대화를
나누며 해소합니다. 시간이 지나면 언제 그랬냐는 듯이 고요가
찾아오곤 합니다.

Read a book out loud.

소리 내 책 읽기

■   .종일 한마디도 하지 않고 지나가기도 합니다.
하루 끝에 일부러 소리 내어 책을 읽어보아요. 듣는 사람과
말하는 사람이 단 하나뿐인 공간. 목소리는 홀연히 방 안을
돌아다니다가 가만가만 내 귀로 흘러들어옵니다. 나의 목소리는
아직 살아서 이토록 생동감 넘치게 단어와 문장을 말하고
있습니다.

Think back to your childhood.

어린 시절로 돌아가기

▲   삶은 너무나도 팍팍합니다. 고된 하루를 마치고
쓰러지듯 잠들기 바쁩니다. 언제부터였을까요. 되고 싶지
않았는데 이만큼 어른이 되었습니다. 가끔 어린 시절로 돌아간
것처럼 마구 뛰다가 호탕하게 웃어버립니다. 맨손으로 눈사람을
만들고, 펑펑 내리는 눈을 맞으며 걷고, 우산 없이 빗속을
뛰거나 놀이터에서 하릴없는 시간을 보냅니다. 흐르는 땀을
닦으며 시원한 음료수를 나눠 먹습니다. 꿈에서도 아이들의
웃음소리가 끊이지 않을 깃 같습니다.

You're living a movie — but this is another cliché at a low point.

영화 속 주인공의 흔한 클리셰라고 생각하기

● 지금부터 우리는 영화 속 주인공입니다. 지금
우리는 흔하디흔한 주인공의 시련 클리셰를 겪고 있는 거예요.
우리는 주인공이니까 이 영화의 러닝타임이 끝나면 시련도
자연스럽게 해결되어 있을 거예요. 우리는 주인공이니까
영화는 우리가 시련 속에서 러닝타임을 맞이하도록 두지 않을
것입니다. 반드시 끝날 거예요. 모든 우울이 지나가고 환한 햇살
아래 샴페인이 담긴 잔을 치켜올리자 '컷!'을 외치는 감독의
모습을 상상해 봅니다. 반드시 그런 날이 올 거예요.

Run at your own pace.

자신의 페이스를 찾기

🌑　　　　"나는 뛰는 것과 잘 안 맞아" 말하자 친구는, "나도 처음엔 1분도 못 뛰었어" 말했습니다. 10km는 거뜬히 뛰는 친구인데 말예요. "어떻게 그렇게 될 수 있게 되었어?" 묻자 친구는, "네 페이스를 찾아야 해" 답했습니다. 아주 천천히, 그러니까 누군가는 웃을지도 모르는, 걷는 것과 다를 바 없을지라도 나만의 페이스대로 뛰는 것부터 시작해야 나중에 더 빠르고 더 멀리까지 뛸 수 있다고 친구는 말했지요. 삶에서도 자신의 페이스를 찾는 것이 중요하다는 생각을 합니다. 누군가 비웃더라도 내가 지치지 않고 앞으로 나아갈 수 있는 방식을 찾는 것 말입니다.

Move
your body.

몸을 움직이기

●   "잘 자고 잘 먹고 운동하고요" 말하는 의사를
흘겨본 적 있습니다. '잘 자기'도 못하는 나에게 '운동'을
하라니 말입니다. 나는 당신이 작은 움직임부터 시작해
보면 좋겠습니다. 좋아하는 음악을 크게 틀어놓고 살랑살랑
움직이는 정도부터 말예요. 또 밥을 먹고 더부룩한 배를
붙잡고 '조금만 걸어볼까?' 생각하는 것 정도부터요. 그리고
더운 날 야외 수영장에 찾아가 수영은 못 해도 물놀이를 하는
것부터 말입니다. 그런 작은 움직임들은 내가 크게 움직일 수
있는 발판이 되어 주었습니다. 몸을 움직인다는 것은 내가
살아있음을 느끼게 해주었습니다.

Do the dishes.

밀린 설거지하기

■　　　손톱을 깎고 나면 무엇보다 가장 먼저 손대고 싶어지는 일이 있습니다. 바로 설거지예요. 혼자 사는 사람이 엉망일 때 가장 먼저 티가 나는 건 주방 싱크대입니다. 몸에 물이 닿을 때 마음까지 잔잔해지는 경향이 있는 나로서 수영 외에 가장 빨리 물과 접할 수 있는 방법은 설거지입니다. 아, 샤워도 있지요. 그렇지만 설거지와는 약간 다른 개념입니다. 샤워가 나의 몸을 어루만지는 일이라면, 설거지는 내 몸처럼 아끼는 물건들을 어루만지는 일이거든요. 설거지할 때는 부러 고무장갑을 사용하지 않습니다. 맨손에 닿는 물의 온도, 바짝 마른 밥알의 딱딱함, 눅눅하게 굳은 기름기가 뽀득뽀득 씻겨나가는 느낌을 온전히 손끝으로 느낍니다. 마침내 제 얼굴을 찾아 청결함을 갖춘 식기구의 물을 털어내고 조심조심 건조대에 쌓아 올려요. 혼자 사는 이의 주방은 워낙 작아 건조대도 덩달아 비좁습니다. 때문에 밀린 설거지를 한 번에 쌓아 올리기 위해 식기구와 나, 둘만의 테트리스에 집중합니다. 행주로 여기저기 튄 물기를 닦고 팡팡 털어 수전에 걸어두기. 여기까지 마치면 오늘 하루, 한 가지 일을 해낸 것만으로도 마음이 놓입니다.

Wash cups.

컵 설거지하기

▲   무력감에 빠져있을 땐 식사를 잘 챙기지
않았습니다. 음식을 씹어 섭취하는 행위 자체가 어렵게
느껴져서 술과 커피만 마시는 날도 많았습니다. 그러던 어느
날, 싱크대 가득 쌓인 컵을 씻기 시작했습니다. 다른 식기에
비해 컵은 설거지가 쉽습니다. 기름때가 묻지 않기 때문입니다.
물이나 커피, 술을 따라 마신 컵을 씻어 말리는 일은 적은
노동으로 큰 결실을 보게 해 상쾌한 기분을 선물합니다.

Train hard, snack harder.

수영하고 좋아하는 간식 먹기

■　　　우울과 불안이 삶을 덮친 이후로 새롭게 인생에
들인 것이 있습니다. 그것은 바로 수영. 앞서 설거지에서도
얘기했지만, 몸에 물이 닿을 때 느껴지는 어떤 자유로움은 온갖
상념으로부터 나를 격리시킬 수 있거든요. 나는 찬장에 간식을
쟁여두는 사람이 아니었습니다. 내 손으로 간식을 사본 적은
손가락에 꼽습니다. 그것도 사다 두면 몇 개월은 방치되다가
쓰레기통으로 향하기 일쑤였지요. 이른 아침 빈속에 수영을
하고 나오면 때마다 꼭 먹고 싶은 것들이 생각납니다. 아오리
사과, 복숭아 맛 막대 아이스크림, 말차 초콜릿, 블랙 올리브와
치즈가 잔뜩 박힌 베이글. 편의점 앞에서, 근처 공원에서, 길을
걸으며. 일부러 바짝 말리지 않은 머리카락이 마르는 동안
야금야금 아껴 먹습니다. 어쩐지 여기까지가 내게는 수영의
연장선인 것 같아요. 언젠가 촉촉한 백발로 수영장을 나선
할머니가 주름 가득한 손으로 찬찬히 귤을 까먹는 상상을 하곤
합니다. 오래오래 수영하는 할머니가 되고 싶어요.

Pick your outfit for tomorrow.

내일 입고 나갈 옷 고르기

● 　　　가끔 우울은 입고 있는 옷에도 묻어있습니다.
주저앉아 우느라 늘어나버린 바지 무릎과 눈물 먹어 눅눅해진
맨투맨 소매처럼요. 그대로 우울에 잠겨 있다 보면 내일도
슬픔에 젖은 옷을 입고 다시 슬프겠어요. 자, 일어나봐요. 화려할
필요도 없어요. 무릎이 판판하게 펴진 청바지와 빳빳하게
말려서 햇볕 냄새가 나는 밝은 티셔츠면 충분합니다. 아직
슬픔이 묻지 않은 옷을 반듯하게 개어서 내일을 준비해 봅니다.

Look after yourself.

나를 가꾸기

◆　　　손톱을 깔끔하게 정리하고 머리를 손질하고 몸에
보디로션을 바르는, 누군가에게는 평범한 일상이 나에게는
벅찼던 날들이 있습니다. 제 멋대로 자란 손톱과 발톱, 흐트러진
머리, 푸석푸석한 피부를 보면서 조금 달라져야겠다는 생각을
했어요. 오랜 샤워를 하고, 손톱과 발톱을 정리하고, 크림을
듬뿍 발라 얼굴을 마사지해 주었죠. 내가 나를 가꾼다는 일을
오래도록 방치했구나, 많은 사람들이 이렇게 살아갈 테구나,
오랜만에 깨날았습니다. 나를 가꿔요. 나를 사랑으로 돌보아요.

Start on things you've been putting off.

미룬 일 해내기

▲   하기 싫은 일을 해냅니다. 아주 작은 것이라도,
하나만 해내도 마침표를 찍은 뒤의 개운함은 해본 사람만이
알지요. 거창할 필요는 없습니다. 짐처럼 느껴졌던 일을
처리하는 하루를 보내기로 다짐합니다. 저는 오늘 새 양말을
구매했습니다. 그동안 해질 대로 해진 양말을 신고 다녔지만,
마음먹고 나를 돌보는 일 한 가지를 해낸 것입니다.

Organize your photos.

핸드폰 사진 정리하기

●   신날 때 찍은 사진들은 꼭 같은 사진인데도 10
장씩 셔터를 눌러놓았습니다. 웃겨서 마구 흔들린 사진도
있고 우스꽝스럽게 눈이 반쯤 감긴 사진들도 있습니다. 그런
사진들을 돌아보며 그때 감정을 다시 느낍니다. 마구 찍힌 사진
중 필요 없는 사진을 솎아내며 그때의 추억 중 가장 반짝이는
순간만 남깁니다. 가벼워진 핸드폰 용량만큼 내 마음도
가벼워지지 않을까요?

Find what
you like to do.

좋아하는 것 찾기

⬟　　　　나는 좋아하는 일이 없었습니다. 취미도 없었지요.
많은 사람들이 내게 "취미를 가져보는 건 어때?" 제안했을 때,
나는 그저 "그러게" 답하고 말았습니다. 대단하지 않은, 별거
아닌 일이라도 취미를 가지는 일은, 혼자 보내는 시간을 채워줄
수 있는 무언가가 내 삶에 절실함을 느낀 건 그 후로 얼마 되지
않아서였습니다. 여전히 내 머릿속을 비워줄 취미를 찾고
있지만, 이것저것 해보며 방법을 찾는 과정도 나쁘지 않습니다.

Splurge on cute stationery.

문구점에서 사치 부리기

● 　　　　어른이 된다는 것은 생각보다 별로인 일이었습니다.
하지만 교보문고나 아트박스 문을 열고 들어서는 순간만큼은
저 스스로가 자유로운 어른이라는 사실을 마음껏 즐겨요. 그
누구도 1만 5천 원어치 스티커를 사는 나를 막을 수 없어요. 그
누구도 3,800원짜리 펜을 다섯 개씩 사는 날 말릴 수 없어요.
신나게 문구 쇼핑을 마치고 집으로 돌아와서 귀여운 스티커와
알록달록한 펜, 그리고 예쁜 메모지를 책상 위에 늘어놓습니다.
먼저 내가 사 온 물건들이 참 귀엽다는 생각을 합니다. 그리고
새로 산 펜으로 뭔가 써보고 싶다는 생각을 합니다. 괜히 종이에
이것저것 그려도 보고 가나다라마바사 글씨도 써 봅니다.
스티커는 어디에 붙일까요? 고민 끝에 하나를 골라 핸드폰에
붙인 스티커가 귀엽다며 남의 칭찬을 받을 땐 괜히 뿌듯합니다.

Enjoy a little shopping.

쇼핑하기

▲   나를 위한 물건을 사는 일은 꽤 중요합니다. 꼭
필요한 것이 아닐지라도 나에게 선물을 해봄은 어떨까요. 단지
아름답다는 이유만으로, 혹은 귀여워서 그것을 구매하기로
마음먹었다면 정말 멋진 일이겠습니다. 간혹 당신이 고른
물건이 쓸모없는 것이라면 그것은 쓸모없기에 더욱 가치를
발할지도 모르죠.

Buy books.

안 읽어도 책 사기

● 　　책을 좋아하세요? 아, 많이 사지만 읽지는
않는다고요? 제가 그렇습니다. 주변에서 그렇게 책을
쌓아두기만 하고 왜 안 읽냐고 할 때마다 저는 다- 블루투스로
내용을 흡입하고 있다고 말해요. 그러면 뭐 어때요. 사실 굳이
읽지 않아도 대충 어떤 책인지 아니까 사는 거라서 안 읽어도
됩니다. 어디선가 그런 말을 들었어요. 우리 같은 사람이
출판계의 빛과 소금이라고. 그러니까 어서 컴퓨터를 켜고 몇 권
사보는 건 어떨까요? 읽지 않아도 손가락으로 팔락팔락 넘기는
종이의 질감이 얼마나 낭만적인데요.

NO
TV,
NO
INTERNET.

텔레비전도 인터넷도 보지 않기

텔레비전과 인터넷을 통해 전달되는 세상의 자극적인 정보들이 내게 너무나 폭력적이라는 생각이 들 때가 있었습니다. 혹자는 알아야만 한다고 말하는 '알아야만 하는' 것들에서 나를 해방시키자 나는 어느 정도 자유로울 수 있었습니다. 사회 이슈, 정치, 가십... 내게 자극적으로 느껴지는, 내 맘을 어렵게 만드는 것들을 따라잡지 않아도 된다는 생각 자체가 나를 꽤나 나아지게 했습니다. 나를 화나게 하는 것들에 대해서는 마음이 괜찮아진 후에 다시 되돌아봐도 돼요. 아니, 몰라도 되고요.

Complete
simple tasks.

단순노동 하기

▲　　　지금 당장 해낼 수 있는 일, 잘하는 걸 해봅니다. 가장 많이 하는 일은 책 포장입니다. 생각 없이 같은 동작을 반복하는 것만으로도 성취감을 느낍니다. 싱크대를 닦거나 서랍장 정리하기처럼 시작하기 쉬운 일거리가 도처에 가득합니다.

Hang the laundry neatly and fold it with care.

빨래 잘 널고 반듯하게 개키기

설거지를 시작하기 전에 세탁기 전원 버튼을 누릅니다. 빨래는 세탁기라는 조력자가 있으니 내 손은 그것들을 잘 널고 개키기만 하면 된다는 생각에 조금은 어깨가 가벼워져요. 나는 섬유 유연제를 쓰지 않습니다. 대신 향과 세척력이 좋은 세탁세제만을 사용하고 있어요. 섬유 유연제를 쓰면 원단 본연의 촉감이 모두 유연제로 인해 희석되는 것만 같달까요. 빨래를 하고 잘 건조하기만 해도 결이 살아나는 것만 같습니다. 그런 빨래를 하니하니 손으로 쓰다듬으며 정리합니다. 돌돌이로 미처 탈락하지 못한 먼지를 제거하기도 합니다. 보풀이 일어난 곳은 없는지, 단추가 잘 달려있는지 유심히 들여다봅니다. 수건, 상의, 하의, 양말, 속옷. 나만의 방식으로 반듯하게 접고 개키는 동안 복잡하게 엉켜있던 생각들도 덩달아 정리해 보아요. 행동하기 어려울 땐 이렇듯 나만의 방식으로 의미를 부여해 봅니다. 어느덧 주변도 나를 따라 정리된 것을 발견할 수 있습니다.

Dive into blankets that is fresh out of the dryer.

건조기 막 꺼내 따뜻한 이불 속으로 몸 던지기

● 　　　이불 세탁만큼 기분 전환에 효과적인 게 또
있을까요. 뽀송뽀송하고 향긋한 냄새가 나는 이불에 둘둘
말려있어 보는 건 어떨까요? 방금 건조가 끝난 이불을 꼭 뭉쳐
안고 방으로 돌아가 아직 온기가 남아있는 이불 위로 풍덩!
뛰어들어보세요.

Step into the things you never dared to try.

못 할 거라 생각한 일에 도전하기

⬟　　　　'난 이런 건 절대 못 할 거야'라고 생각한 일들이 많습니다. 나에게는 음악을 배우는 일이 그랬고, 타투가 그랬고, 펌이 그랬고, 화장을 안 하는 일이, 쪼리를 신고 다니는 일이 그랬습니다. 이렇게 사소한 일들이지만 당연히 나는 '할 수 없는 일'이라고 생각했습니다. 곰곰이 이유를 생각해 보니 안 할 이유는 없더라고요. 그래서 나는 도전해 봤습니다. 지난여름 나는 야외에서 피부를 검게 태우고 곱슬곱슬하게 펌을 하고 화장을 안 한 채로 쪼리를 신고 돌아다녔습니다. 그러던 어느 저녁, 야외 수영장에서 나와 맥주를 마시다 무심결에 말했습니다. "나는 이렇게 살아도 되는지 몰랐어. 살아있길 잘했어.", 앞에 앉은 친구들의 눈물이 고이는 걸 보았습니다.

Play dress-up with your bold side.

특이한 옷 입어보기

🌸　　　별거 아니라 느낄지도 모르겠지만, 대개 무채색 옷을 입던 내게는 빨간 스웨터가 '특이한 옷'이었습니다. 겨울에서 봄으로 넘어가던 어느 날, 나는 길을 걷다 다홍에 가까운 빨간 스웨터를 사볼까, 문득 생각이 들었습니다. 나는 그 옷을 사 입어 보았습니다. 평소와 다른 옷차림에 친구들이 놀라면 어떨까 생각했으나, 친구들은 내게 빨강이 잘 어울린다고 하나같이 말했습니다. 그간 몰랐습니다. 나는 빨간 옷이, 보라색 옷이 잘 어울리는 사람이라는 걸요. 내 삶을 조금 더 넓히는 계기가 되었습니다.

Granny's home is your sanctuary.

할머니 집으로 피난 가기

●   저는 저희 할머니를 정말 좋아합니다. 가끔 마음이
지치고 안 좋은 생각이 꼬리에 꼬리를 물면 그냥 할머니 집에
가서 며칠 자고 옵니다. 도착하자마자 할머니의 몸빼 바지로
갈아입고 미각이 무뎌져 더 이상 간 조절이 어려운 노인이
해주신 짜디짠 밥을 먹습니다. 그리고 부른 배를 잡고 앉아서 이
사랑스러운 노인이 일만 이천삼백사십오 번 했던 이야기를 또
듣습니다. 매일 새벽에 일어나 기도하는 독실한 가톨릭 신자인
할머니의 믿음 활용법도 듣습니다. 성수를 자동차에 뿌리면
자동차 사고 확률이 80% 낮아진다는 용한 신부님의 영상도
함께 봅니다. 자나 깨나 내 걱정뿐인 이 사랑스러운 노인의
이야기를 듣고 있으면 내 걱정은 잠시 뒤로 미뤄집니다.

Dare to say you need a hug.

안아달라고 용기 내기

■ 나 좀 안아줘.

Give
your friend
a big hug.

포옹하기

♠   아주 예전, 첫 번째 달리기 주자로 많은 이들의
기대를 받고 있던 때에 긴장이 되어 말했습니다. "언니, 저 좀
안아주시면 안 돼요?", 그녀는 저를 꼬옥 끌어안아 주었습니다.
몇 년이 지나 아무것도 할 수 없다 느낄 때 친구에게
말했습니다. "나 좀 안아줄 수 있을까?", 친구는 나를 몇 분이고
안아주었습니다. 또다시 몇 년이 지나 삶의 끝에 와 있다고 느낄
때 한 친구는 나를 만날 때마다 꼭 끌어안고 토닥토닥 도닥여
주었습니다. 나는 "안아줄 수 있어?" 말한 내 용기가, 나를
안아주던 친구들의 마음과 온기가 여전히 너무나 고맙습니다.
그래서 이제는 누군가가 비틀거릴 때마다 새로운 용기를
내봅니다. "내가 한 번 안아줘도 될까?"

LEVEL 3

Bare
the aloneness.

혼자를 견디기

● 　　　혼자 보내야 하는 시간을 견디는 일, 세상에 혼자 남았음을 견디는 일은 가끔 아득하게 느껴질 때가 있어요. 그런 혼자의 시간을 잘 보내는 방식을 알아내는 것도 좋겠습니다. 어렵겠지요, 외롭겠지요. 그럼에도 불구하고 나와 잘 지내는 시간을 보내는 일은 의미 있을 것입니다.

Collect your memories into a drawer.

기억 서랍 만들기

■　　　　한때는 내가 느낀 것들에 대해 기탄없이 남겨두는
걸 좋아하는 사람이었는데요. 급격하게 기억력이 쇠했던 시절.
우울과 불안으로 머릿속이 망가져버린 나는 어느새 10분 전에
했던 대화도 잊어버리는 지경에 이르렀습니다. 방금 내가 그
말을 했었는지 묻기도 하고, 점심에 했던 말을 저녁에 또 하기도
했어요. 아차 싶으면 휘발되어 온 데 간 데 사라져버리는 마음.
행복한 기억, 좋은 감정일수록 더욱 서둘러 증발해버렸습니다.
우연히 들른 편집숍에서 손바닥만 한 볼펜을 집어 들었습니다.
이 볼펜은 기억을 붙잡기 위한 도구입니다. 지갑에 넣어두고
영수증 뒷면에 그날의 감정과 경험에 대해 기록하기
시작했어요. 때마다 지갑이 두둑해지면 영수증을 한데 모아
보관하고 있습니다. 몸도 마음도 배터리가 닳아갈 때쯤 한
번씩 열어보고 상기합니다. 자주 잊고 살지만 내게도 무수한
순간들이 빼곡하다는 것을요.

Keep
white items
around you.

하얀 사물을 곁에 두기

▲   이불이나 양말, 속옷처럼 몸에 닿는 일상의 물건을 흰색으로 구매해 씁니다. 하얀 천은 조금만 더럽혀져도 금방 티가 나는 바람에 세심한 주의가 필요합니다. 자주 세탁을 해주어야 하죠. 하지만 이런 귀찮은 일을 해내는 것이 생활의 쓸모를 긍정하는 첫걸음이 됩니다.

Wrap yourself in a cozy fleece robe.

극세사 가운 걸치기

● 이번에는 아주 특별한 재료가 필요합니다. 바로 커다랗고 무거운 극세사 가운입니다. 극세사 가운은 특히 우울한 겨울날에 효과적입니다. 길고 긴 추운 밤이 끝도 없이 이어질 때 내 우울만큼 묵직하고 커다란 극세사 가운을 집어 들어 몸에 걸칩니다. 허리를 동여맨 후 따뜻한 차를 한 잔 내려 의자 위에 무겁게 내려앉습니다. 내 온몸을 휘감고 있는 우울함의 무게를 느끼며 차를 마십니다. 오히려 더 우울한 느낌이 들지도 모릅니다. 하지만 조금만 기다려보세요. 어느새 차가웠던 몸이 녹고 손발과 코끝에 온기가 돕니다. 어떤 우울은 터널처럼 온전히 시간이 지나는 것을 느껴야 그 끝에 온기를 내비칩니다. 덥다는 느낌이 들 만큼 몸이 데워지면 답답한 가운을 벗고 후련함을 느껴보세요.

Change your bedding.

침구 바꾸기

♣   술에 가득 취해 언제 빨았는지 잊은 침구를 덮고
자는 날의 연속이었습니다. 그래도 괜찮다고 생각했습니다.
그러던 어느 날에는 침구를 바꾸고 싶다는 생각이 들어,
충동적으로 침구 세트를 사보았습니다. 이전에 쓰던 누런
침구를 버리고, 좋아하는 파란색의 예쁜 침구를 설치한 후 누워
보았습니다. 꽤 많이 나아졌구나, 이제 나아질 수 있겠구나, 좋은
꿈을 꿀 수 있을 것만 같았습니다.

Drink like there's no tomorrow.

진탕 마시고 취하기

■　　　너무 뻔하다고요? 그래도 어쩔 수 없어요. 중독까지는 아니더라도 이제 술은 인생에서 떼려야 뗄 수 없습니다. 일평생 마셔온 술보다도 마음의 병을 얻고 마시기 시작한 술이 곱절은 더 많을 거라고 말합니다. 그 정도로 나는 술에 참 많이 의지했습니다. 잠을 자기 위해서 마시기도 했지만 술은 내게 다양한 위로를 줍니다. 종일 아무것도 입에 대지 않다가도 친구들이 불러 자리에 나가면 언제나 입맛을 돋우는 음식들이 술과 함께 있어요. 너 한 국자, 나 한 국자. 너 한입, 나 한입. 도란도란 이야기를 나누는 입술들. 부딪히는 술잔들. 술을 마신 사람들의 표정과 말투는 솔직하고 사랑스러워요. 가끔은 엉엉 울고 친구 등에 업혀 신세를 지기도 했습니다. 그런 것들이 타인에게 실례라고만 여기며 살았던 나에게는 굉장한 변화가 아닐 수 없지요. 아직은 나도 사람들을 좀 더 사랑할 수 있지 않을까, 그들 속에서 살아갈 수 있지 않을까 싶습니다. 짠짠짠. 우리 건배합시다.

Show people your creative works.

창작물 내보이기

내가 쓴 글을, 그림을 사람들에게 보이는 일은
엄청난 용기를 필요로 하지요. 그 글이나 그림이 내 험난한
우울의 여정을 보여준다면 더더욱 말예요. 그럼에도 불구하고,
그것들을 세상에 내보이는 일은 내게 새로운 삶의 여정을
발견하게 해주었습니다. 난 이런 사람이며, 이런 표현을 한다는
것을 사람들에게 내보이는 일로 많은 사람들이 나를 이해하게
만들었습니다.

Make
a bold move.

도전하기

▲　　　내가 잘 하지 않는 행동은 무엇이 있을까 고민해 보았습니다. 저는 친구들에게 먼저 연락하는 편이 아닙니다. 게다가 연락이 끊어진 지 오래된 친구라면? 오랜 친구에게 몇 년 만에 연락을 했습니다. 머지않아 친구로부터 환한 답장이 제게 왔습니다. 고맙다는 말을 들었습니다. 내일은 새로운 도전을 찾아봐야겠습니다.

Enjoy seasonal food.

제철 음식 먹기

▲ 　　　철마다 온갖 식재료가 반짝이고 있습니다. 요즘은 친구들과 제철 음식을 찾아 먹는 즐거움을 알아가는 중입니다. 서툰 솜씨라도 좋으니 시장이나 마트에서 제철 식재료를 사다 직접 요리해 보는 것도 좋습니다. 봄나물을 데치거나 여름 과일을 씻어서 한입 베어 물면 알 수 있습니다. 오감이 춤추는 기분을요. 오이를 썰고 두부를 썰어 간단한 간식을 만드는 것부터 시작해 보아요.

Treat yourself with a meal you prepared.

나를 위한 요리 대접하기

● 　　　나 자신을 위한 한 끼를 차리는 일을 해본 건
오래되지 않았습니다. 나를 위해 식재료를 골라 사고, 조리법을
찾아보며 요리하는 일, 그리고 나를 위해 차려진 내 음식을 먹는
일은 생각보다 멋진 일이었습니다. 나를 위해 한 끼를 대접하는
일을 해보면 어떨까요?

Sing your heart out — solo.

혼자 코인 노래방에 가기

■　　　　겨우 잠에 들었다가도 이유를 알 수 없는 갑갑함에
침대에서 몸을 일으킵니다. 주먹으로 가슴을 퍽퍽 때려봐도
영 달라지는 것은 없습니다. 뛰쳐나가 바락바락 소리라도
지르고 싶지만 이곳은 도심 한복판 작은 원룸 안. 그럴 땐
잠옷 위에 외투를 껴입고 모자를 눌러씁니다. 지갑 속 동전 몇
개를 주머니에 찔러 넣고 가장 가까운 24시 코인 노래방으로
달려가요. 늘 입장하는 칸에 사람이 없다면 럭키를 외치지만
누군가 먼저 노래를 부르고 있다면 잠시 밖에서 순서를
기다립니다. 오롯이 홀로 앉아 마이크를 잡습니다. 흠뻑 슬픈
노래부터 스피커가 터질 듯 시끄러운 노래까지. 비록 이런
시도가 성대를 상하게 할지언정, 몸 안에 갇혀있던 무언가가
나를 비집고 빠져나가는 해방감이 들어요. 묵직한 마이크를
내려놓으며 조금은 후련해집니다.

Walk a bit more than usual.

조금 먼 거리 걸어가기

▲   온몸으로 햇빛을 받으며 걷는 시간이 꼭 필요하다는 사실을 알고 있습니다. 5분, 10분만 해도 충분합니다. 다른 수단의 도움 없이 오직 두 발로 목적지까지 걷는 겁니다. 한 걸음 한 걸음 내딛다 보면 어느덧 땀이 옅게 배어있습니다. 가까운 거리도 좋으니 천천히 걸어볼까요.

Travel alone with NO plan.

계획 없이 혼자 떠나기

◆　　　혼자 떠나는 일은 누군가에게는 달가울 수도, 누군가에게는 두려운 일일 수도 있습니다. 다만 니 스스로 오롯이 혼자만의 시간을 보내는 일은 꽤 용기를 필요로 하지요. 그 과정에서 내가 가는 방향과 시간과 걸음의 속도를 제어할 수 있다는 것을 인지하는 일은 가끔 삶에서도 용기를 주는 듯합니다.

'서쪽으로 가겠다!'라는 방향만 정하고 제주를 하염없이 걸은 적 있습니다. 한 시간쯤 걷다가 출렁다리를 만났습니다. 출렁다리의 출렁거림을 느끼며 건너온 곳에는 유채꽃과 벚꽃이 활짝 피어 있었습니다. 그만 걷고 싶다는 생각도, 차를 타거나 택시를 타면 어떨까 하는 생각을 하기도 했지만, 그대로 걸어보기로 했습니다. 어떤 풍경을 또 마주할지 모르니까, 하는 생각으로요.

Weight training.

원시의 움직임 재현하기

● 시간이 힌트를 줄 때가 있어요. 외가 쪽 조부모님이 모두 돌아가셨을 때가 그랬어요. 두 분의 죽음은 모두 여느 현대인의 죽음이라고 일컫기에는 조금 비참한 면이 없지 않았습니다. 그에 반해 친가 쪽 조부모님은 모두 정정하신 데다가 건강한 모습으로 늙어가고 계십니다. 양가 노인들의 젊은 시절과 평소 습관을 비교해 보니 운동의 중요성을 자연스럽게 깨달았어요. 그 후로 비만 상태에서 벗어나고 이런저런 운동을 돌고 돌아 지금은 반년째 웨이트 운동을 하고 있습니다. 심한 불안증 때문에 증세가 도질 때마다 죽음이 낭만적으로 보이면서도 동시에 어떻게든 자연사하겠다는 의지로 무거운 쇠를 들었다 놓길 반복하고 있습니다. 가는 길은 지독하게 짜증나지만 나오는 길엔 자기효능감이 가득한 이상한 곳. 헬스장은 모순적이고 우스운 공간입니다. 사냥을 그만둔 인간에게 움직임이 부족해지자 원시의 움직임을 재현하기 위해 만들어 둔 공간이니까요. 오늘은 원시의 움직임을 재현해 보는 게 어때요?

Organize your closet.

옷장 뒤집어엎기

●   엄두가 나지 않는 일이 있지만 가끔 그냥
저질러버리는 것이 필요할 때도 있습니다. 옷장 정리가 그렇죠.
일단 다 꺼내서 엎어버립니다. 바닥으로 옷을 마구 쏟아내고
엉망이 되어가는 방을 보면서 망가뜨림의 쾌감을 느낍니다.
그다음 입지 않는 옷을 골라냅니다. 이때는 조금 과감해지는
것이 필요합니다. 버리겠다는 마음은 왜 이렇게 어려운 걸까요.
버릴 옷을 고르며 버릴 감정, 버릴 관계를 하나씩 정리합니다.
버릴 옷을 모두 모아 쌓아두고 그만큼의 앙금이 마음에서
배설되었다는 상상을 합니다. 이제 새 계절 옷을 하나씩
꺼내봅니다. 봄이라면 가볍고 환한 옷을 집어 옷장에 매만져
걸면서 새 마음을 다짐합니다. 겨울이라면 포근하고 묵직한
옷을 집어 걸면서 두꺼운 외투만큼, 보드라운 스웨터만큼 찬
바람에 강인하고 포근한 사람이 되겠다고 다짐합니다.

Rearrange furniture in your room.

가구 옮기기

▲　　　삶이 평온할 때는 매일 아침 창문을 활짝 열고 청소기를 돌립니다. 하지만 그렇지 못한 날들은 어김없이 찾아옵니다. 어느 날 문득 바닥을 나뒹구는 먼지가 눈에 들고, 퀴퀴한 냄새가 코를 찌릅니다. 맘먹고 집의 구조를 바꿉니다. 서랍을 이쪽에서 저쪽으로 옮기려면 어쩔 수 없이 물건들을 쓸고 닦고 정리하기 마련입니다. 새로운 시선으로 방을 살핍니다. 새 마음가짐이 생기기도 하고요.

Connect with something green and alive.

식물 만지기

■　　　　일주일 수면시간을 다 합쳐도 24시간을 채우지 못했던 어느 여름밤. 잠이 오지 않아 새벽까지 연거푸 술을 들이켰고 기절하듯 스위치를 껐다가 일어났습니다. 아직 가시지 않은 술기운에 온몸이 뜨끈뜨끈했습니다. 차가운 커피라도 사 와야겠다 싶어 집을 나섰습니다. 커피와 식물을 함께 파는 카페에서 음료를 주문하고 기다리던 중, 수박 무늬 잎을 가진 녀석이 눈에 들어왔습니다. 선인장도 몇 번이나 죽였던 식물 킬러가 홀린 듯 녀석을 집어 든 것은 모종의 책임감이 필요한 일이었어요. 길바닥에 쩍쩍 달라붙는 슬리퍼가 녹아내릴 것만 같았던 폭염. 집에 돌아오는 30분 사이 녀석은 곤죽이 되어버렸습니다. 이 일을 어째 발을 동동 구르고 얼음물을 부었다가 냉해를 입으면 어쩌나 전전긍긍. 그렇게 갑자기 맺은 수박페페와의 인연은 때마다 식물과 이별을 하더라도 얼마간 정성을 들이는 일에 용기를 낼 수 있게 했어요. 오늘날 내게 딸린 식물 식구는 일곱입니다. 내 몸이라 여기고 매일 아침 쓰다듬고 돌볼 수 있는 존재를 곁에 둔다는 것. 나 하나 감당하며 살자던 식물 킬러에서 초보 식집사 정도로 레벨 업 되었으니, 꽤 멋진 일이지 않나요!

Nerd out.

덕질하기

⬠　　　돌려받지 않은 사랑을 누군가 혹은 무언가에게
하염없이 줄 수 있다는 일은 무척이나 아름답다고 생각합니다.
저는 푹 빠지지 못하는 편인데, 그런 경험이 있기는 합니다.
돌이켜보면, 누군가 혹은 무언가에 푹 빠져보는 일이 다른
생각을 할 겨를을 주지 않을 때가 있었습니다.

Love to live.

사랑하기

▲　　　사랑이 생의 의지를 키웠습니다. 오늘을 살아가게
했고, 많은 나를 변화시켰습니다. 사랑이 있어 제 삶은 한껏
충만해졌습니다. 무엇이건 그것을 사랑하세요. 넘치게 돌아오는
사랑을 얼마든지 받으세요.

Invite friends to home.

친구들을 집에 초대하기

⬟　　　　엉망인 방, 엉망인 생활에서 친구를 집에 초대한 적 있습니다. 친구가 냉장고에 사 온 것을 넣으려 냉장고 문을 열었을 때, '아차!' 싶었습니다. 나의 이 엉망인 삶, 더 나아가 마음과 머릿속을 들켜버린 것만 같아 마음이 복잡했습니다. 후로 친구들을 부러 가끔 초대했습니다. 친구들이 오기 전 내 삶의 반경을 조금씩 정리했습니다. 널어만 둔 빨래를 개고, 물건들을 정리하고 닦고, 그들을 위한 음식을 준비했습니다. 혼자서는 의욕이 나지 않는 일들을 보이기 위해서라도 해치우는 일은 생각보다 의미 있었습니다. 가끔 정말 의욕이 나지 않을 때에는 조금의 청소만 해두고 친구들을 초대하기도 했습니다. 그 방향도 나쁘지는 않았습니다. 내가 이렇게 살고 있다, 이런 내 모습도 받아줄 수 있겠느냐, 하는 물음에 친구들은 아니라 답한 적 없습니다.

Make friends.

친구 사귀기

▲   혼자 있는 시간을 좋아하지만 친구들과 이야기하다
보면 어느새 맑아진 나를 발견합니다. 그래서 용기 내
밖으로 나서고 사람들을 만납니다. 그들과 친구가 되어 함께
시간을 보냅니다. 타인과 나누는 대화는 귀합니다. 혼자서는
불가능했던 것들이 사사로워지는 마법. 당신의 친구가
되어줄게요.

Tidy up by the door.

현관 가꾸기

■　　　'집 현관이 깨끗해야 좋은 일이 많이 들어온대.'
귀가하면 의식적으로 현관을 정리합니다. 바깥에서 딸려 온
흙이나 먼지를 쓸고 닦습니다. 신발 머리를 외출할 때 신기 편한
방향으로 돌려놓아요. 금이 간 현관 타일이 종종 신경 쓰이지만
깨끗하게 쓸고 닦는 것만으로도 마음이 정돈됩니다. 올해는
입춘에 맞추어 '입춘대길 건양다경'을 적어 현관문에 부착해
두었습니다. 그 옆에 작은 북어 오브제도 함께요. 정말로 이
현관을 통해 좋은 일이 올 것 같은 기분이 들어요. 가끔은 이런
미신에 기대어도 좋습니다.

Get yourself some flowers.

나를 위한 꽃 사기

아무 이유 없이 꽃을 사는 일은 여전히 생소합니다. 물론 무슨 일이 있어서 사는 일도 제게는 약간 쑥스럽고 어색한 일입니다. 다만 나를 위한 작은 꽃다발 하나가 내 공간을 밝혀줄 것입니다. 작고 아름답고 무용한 것들의 힘을 믿으며.

Float down into the quiet.

잠수하기

■   내게는 물 밖에서도 잠수할 수 있는 초능력이
있어요. 일명 '방해금지 모드'라고도 하죠. 문득 아주 작은
기척에도 온 신경이 베일 듯한 순간이 있습니다. 주위를
둘러싼 모든 것들이 나의 오감을 움켜쥐고 뒤흔드는 것처럼
느껴진달까요. 사람들, 물건들, 혹은 어떤 사연들. 들숨과 날숨
사이에 끼어들어 일상을 어지럽힙니다. 분명 공기 중에서
숨을 쉬고 있는데도 제대로 숨을 쉬고 있는 게 맞나 싶은
느낌이 들어요. 그럴 땐 일정 기간 모든 전원을 끄고 잠수를
합니다. 수중에서 느꼈던 고요함을 공중에서도 느낄 수
있는 방법입니다. 최소한의 사람, 최소한의 물건과 연결하며
일상에 집중합니다. 이기적이라고요? 물속 혹은 물 밖에
있더라도 한결같이 나를 들여다보고 아껴주는 것들은 분명
존재했습니다. 언제든 이 초능력 너머 우리가 연결될 수 있다는
믿음도 함께요.

Visit a farmer's market early in the morning.

이른 아침 새벽 시장에 가기

●   '우울하고 삶에 의미가 없다는 생각이 들 때면 새벽 시장이 여는 모습을 보러 가라.' 저희 부모님이 자주 하셨던 말이에요. 이른 새벽, 통영의 어시장을 간 적이 있었습니다. 모두가 아직 잠들어 있을 시간, 배에서 갓 잡아 온 물고기가 퍼덕거리며 통 안으로 쏟아지고, 사람들은 땀을 뻘뻘 흘리며 받은 물고기를 트럭으로 끌어 올립니다. 그날은 제게 그저 우울하고 안개 낀 시퍼런 새벽이었습니다. 하지만 누군가는 해가 중천에 뜬 것처럼 일하고 있었어요. 퍼덕거리는 물고기의 생명력과 상인들의 부지런함을 눈앞에서 바라보자 몽롱한 제 정신 위로 찬 물이 쏟아지는 듯했습니다. 다른 이들의 넘치는 생명력을 목격하는 것만으로도 내 안의 우울이 내몰아집니다.

Visit a place that holds your memories.

추억의 장소 찾아가기

▲　　　　문득 고향에 가고 싶어지는 날이 있습니다. 학창
시절엔 얼른 떠나버리고 싶은 곳이었는데, 참 이상합니다.
초등학교나 하천, 놀이터, 문방구. 공원에 앉아 찍어온 사진들을
하나씩 넘겨봅니다. 사진 속에는 커다란 나무가 있고, 벤치가
있고, 사람들이 있습니다. 마침 기분 좋은 바람이 불어와 주변을
감쌉니다. 가뿐하게 돌아갈 수 있겠습니다.

Pick up shells and leave your worries in the sand.

조개 줍기

■　　　　바다, 수영, 여름. 이런 단어들과 삶이 가까워지면서
해마다 연례행사를 치르고 있습니다. 한 해 동안 들렀던
해변에서 조개를 주워요. 해변마다 조개의 크기도 색깔도
제각각입니다. 인적이 많은 해변인지, 거센 파도에 자주
채였는지에 따라 조개는 모두 다른 모양새를 하고 있습니다.
한참을 쭈그리고 앉아 예쁜 조개를 고르고 줍는 동안 내가
이곳까지 가져온 고민들은 반대로 묻어둡니다. 드넓은
해변이라면 이 불공평한 맞교환을 너그러이 받아주지 않을까
싶은 마음이 들어요. 깨지지 않도록 조심히 보관해 두었다가
연말쯤 베이킹소다를 푼 물에 담가 깨끗하게 닦아줍니다.
좋아하는 캐럴을 들으며 주운 조각들을 액자로 만들기. 그렇게
한 장 한 장 완성된 액자들을 바라보고 있으면 나의 지난한
고민들도 아름다운 쓸모가 있었다고 말해주는 것만 같습니다.

Get into the zone.

몰입하기

● 　　몰입해서 무언가를 해내는 일은 굉장히 큰 성취감을 준다고 생각해요. 몰입하는 일은 꼭 대단하고 큰 일이 아니어도 된다고 생각해요. 몰입이 어렵다면 5분, 10분, 15분 늘려 나가보는 것은 어떨까요? 시간을 맞춰 놓는 타이머의 도움을 받아도 좋아요.

Acknowledge yourself.

인정하기

▲   우울의 반대는 행복이 아니라는 사실을 알게 되었습니다. 너무 오래 걸렸나요. 아무렴. 이곳이 아니면 저곳이라는 이분법적인 사고를 벗어나기 위해 애썼습니다. 저는 저를 인정하기 시작했습니다. 지금 여기 이런 내가 존재하고 있다는 사실을요.

Escape into your own little universe.

나만의 우주로 훌쩍 떠나기

■　　　잠이 오지 않으면 몸을 일으켜 채비를 합니다.
애쓴다고 잠이 오지는 않으니까요. 팔랑거리는 가벼운 천
가방에 책 한 권을 찔러 넣고 컴컴한 길을 나섭니다. 집에서
가장 가까운 바다까지는 1시간 20분 거리. 대중교통으로 25
분이면 도착하지만 굳이 두 다리를 움직이기로 선택합니다.
건물이 늘어선 도심을 가로지르다 보면 점차 주유소, 카센터,
곳곳에 공터가 보입니다. 걷고 또 걷습니다. 바다에 닿으면
모래사장에 주저앉아 가만히 눈을 감습니다. 밤하늘과 밤바다는
경계가 모호해서 마치 다른 행성에 도착한 것 같은 기분이
들게 합니다. 여명이 올 때까지 가져온 책을 펼쳐보기도 하고
가방을 베고 벤치에 누워보기도 합니다. 아무것도 하지 않아도
괜찮습니다. 밤의 해변은 내가 나로 존재할 수 있는 또 다른
우주입니다. 당신에게도 당신만의 우주가 있나요?

Forgive-
the moment,
the people,
and yourself.

용서하기

● 어쩌면 별 셋이 아닌 별 다섯. 그만큼 어렵지만 용서해요. 그 순간을, 그 사람을, 나 자신을.

Vanessa Kim | 김현경

Bringing unseen to light.
보이지 않는 것을 보이게 합니다.

@vanessahkim | vanessahkim@gmail.com

Scrub bathroom tiles.
타일 사이 줄눈 닦기

Waste your time.
시간 낭비하기

Sometimes, giving up is our best option.
어쩔 수 없는 건 어쩔 수 없다고 되뇌기

Look for a shoulder to lean on.
기대어 보기

Don't keep expectations.
기대하지 않기

Stop holding on to something.
애쓰지 않기

Do not say sorry.
미안해 하지 않기

Go for a new experience.
새로운 일에 도전하기

Write.
글쓰기

Run at your own pace.
자신의 페이스를 찾기

Move your body.
몸을 움직이기

Look after yourself.
나를 가꾸기

Find what you like to do.
좋아하는 것 찾기

NO TV, NO INTERNET.
티비도 인터넷도 보지 않기

Step into the things you never dared to try.
못 할 거라 생각한 일에 도전하기

Play dress-up with your bold side.
특이한 옷 입어보기

Give your friend a big hug.
포옹하기

Bare the aloneness.
혼자를 견디기

Change your bedding.
침구 바꾸기

Show people your creative works.
창작물 내보이기

Treat yourself with a meal you prepared.
나를 위한 요리 대접하기

Travel alone with NO plan.
계획 없이 혼자 떠나기

Nerd out.
덕질하기

Invite friends to home.
친구들을 집에 초대하기

Get yourself some flowers.
나를 위한 꽃 사기

Get into the zone.
몰입하기

INDEX of ■

Su Jin Park | 박수진

I store fragments of memory in my drawer.

When they spill over, I weave them into stories.

At last, I open the door — and step outside.
조각들을 모아 서랍에 쌓아두고 넘칠 때쯤 꺼내어 종이에 엮습니다.
마침내 나는 문을 열고 나갑니다.

@iam._____ | siot.rieul.sai@gmail.com

Clip your nails.
손톱 깎기

Play - The floor is lava!
횡단보도 흰색만 밟기

Collect the traces of those you love.
기둥 세우기

Let the tears fall quietly.
가만히 눈물 흘리기

Walk with your chin up.
고개 들고 걷기

Set the background music of the day- let it lead your day.
하루의 배경음악 정하기

Wash your pillow cover stained with your tears.
베갯잇 세탁하기

Observe the cross-sections of vegetables.
채소 단면 관찰하기

Meet your reflection with love.
거울 속 나와 마주하기

Say hi with a simple question: "Have you eaten?"
끼니 안부 나누기

Go back to the dog-eared page.
모서리 접기

Explore your own secret walking route.
나만 아는 산책길 만들기

Write to someone you'll never name.
익명으로 편지 쓰기

Read a book out loud.
소리 내 책 읽기

Do the dishes.
밀린 설거지하기

Train hard, snack harder.
수영하고 좋아하는 간식 먹기

Hang the laundry neatly and fold it with care.
빨래 잘 널고 반듯하게 개키기

Dare to say you need a hug.
안아달라고 용기 내기

Collect your memories into a drawer.
기억 서랍 만들기

Drink like there's no tomorrow.
진탕 마시고 취하기

Sing your heart out — solo.
혼자 코인 노래방에 가기

Connect with something green and alive.
식물 만지기

Tidy up by the door.
현관 가꾸기

Float down into the quiet.
잠수하기

Pick up shells and leave your worries in the sand.
조개 줍기

Escape into your own little universe.
나만의 우주로 훌쩍 떠나기

Hyo Jin Park | 박효진

Moved by little things.
작은 것의 아름다움에 울고 웃습니다.
@hyojin_cz_translator | story.gemi@gmail.com

Pick up the scent around you.
누워서 킁킁 주변의 향만 따라가기

Let it be.
시간을 흘러보내기

Hold your dog close.
강아지 끌어안기

Fall asleep.
일단 잠에 빠져들기

Cry it out.
펑펑 울어버리기

Hydrate through the crying.
물 들이켜기

Focus on the sensation at the tip of your fingers.
손끝으로 주변을 느끼기

Look around every corner of your place.
집안 곳곳 둘러보기

Take a big bite of a creamy cake.
고구마 크림빵 한입 가득 먹기

Noodles never let you down.
퉁퉁 불은 면치기

Stare at tall buildings at night.
불 켜진 아파트 단지 바라보기

Take a slow drag from a thick cigarette.
두꺼운 담배 피우기

Take a long and warm shower.
길고 따뜻한 샤워하기

Dump your feelings on your journal or blog.
블로그나 일기장에 비공개로 쏟아내기

**You're living a movie — but this is another cliché
at a low point.**
영화 속 주인공의 흔한 클리셰라고 생각하기

Pick your outfit for tomorrow.
내일 입고 나갈 옷 고르기

Organize your photos.
핸드폰 사진 정리하기

Splurge on cute stationery.
문구점에서 사치 부리기

Buy books.
안 읽어도 책 사기

Dive into blankets that is fresh out of the dryer.
건조기 막 꺼내 따뜻한 이불 속으로 몸 던지기

Granny's home is your sanctuary.
할머니 집으로 피난 가기

Wrap yourself in a cozy fleece robe.
극세사 가운 걸치기

Weight training.
원시의 움직임 재현하기

Organize your closet.
옷장 뒤집어엎기

Visit a farmer's market early in the morning.
이른 아침 새벽 시장에 가기

Forgive- the moment, the people, and yourself.
용서하기

Jong-gil Oh | 오종길

36-year-old writer –still unaware of many things.
서른여섯 해, 나는 아직도 모르는 게 많다.

@choroggil.ohjonggil_meog | choroggil@gmail.com

Do nothing.
아무것도 안 하기

Sit in a corner.
구석에 앉기

Don't hold back your tears.
실컷 울기

Give a big hug.
안아 주기

Drift away into your imagination.
상상하기

Have an ice cream.
아이스크림 먹기

Recall the time you shined.
호시절 떠올리기

Take a walk.
산책하기

Clean your shoes.
신발 닦기

Find your hobby.
취향 찾기

**Bad things come all at once. But stay calm
and let go of it.**
차근차근 생각하기

Think back to your childhood.
어린 시절로 돌아가기

Wash cups.
컵 설거지하기

Start on things you've been putting off.
미룬 일 해내기

Enjoy a little shopping.
쇼핑하기

Complete simple tasks.
단순노동 하기

Keep white items around you.
하얀 사물을 곁에 두기

Make a bold move.
도전하기

Enjoy seasonal food.
제철 음식 먹기

Walk a bit more than usual.
조금 먼 거리 걸어가기

Rearrange furniture in your room.
가구 옮기기

Love to live.
사랑하기

Make friends.
친구 사귀기

Visit a place that holds your memories.
추억의 장소 찾아가기

Acknowledge yourself.
인정하기

Words
we shared.

**'우울에 균열 내기'라는 주제를 시작하게 된 계기는
무엇이었나요?**

수진 우리가 처음 카페에서 만나 어떤 주제로 아트북을
제작할지 이야기했죠. 대화를 나누다 보니 우리들의 공통
관심사가 정신 건강이란 사실을 알게 됐잖아요.

효진 정신 건강에 대해, 우울에 대해, 나아가 나를 '보호'하는
일의 중요성에 대해 이야기했어요. 그때 수진이 했던 말들이
'고개 들기'라는 글에 쓰여있어서 원고를 읽다 보니 우리가 처음
만났을 때 생각이 나더라고요.

수진 어쩌다 이런 공통점이 있는 사람들이 모였는지도 참
신기해요.

현경 처음에 내가 요즘의 관심사로 대화를 이끌었을 때
과반수가 운동이나 산책 등 일상 속 정신 건강을 지키는 방식에
대해 이야기를 했어요. 사실 그래서 주제를 정할 때부터 오늘의
결과물까지가 제 나름 모두 짜놓은 설계였습니다. 후후.

수진 계획이 다 있었군요. 처음부터 우리가 '균열 내기'로
주제를 정하지는 않았고, 계속 고민을 하다가 '균열'이라는 말을
택한 것 같아요. 작업하는 내내 많은 표현들을 썼잖아요. 탐험,

혹은 보호라는 단어도 있었고. 우울에 빠져있는 분들에게는
이런 말들조차 거창하게 느껴질 거 같아서 적절한 표현을
찾다가 균열이라는 단어를 쓰게 됐죠.

효진 우울에 빠져있는 입장에서는 무슨 조언이든 폭력적으로
느껴질 수 있다는 생각이 지금의 제목으로 이끌었나 봐요.

수진 그런 의미에서 원고의 레벨도 나눴잖아요. 별 하나, 별
둘, 별 셋까지 단계별로 읽을 수 있게. 쉽게 시작할 수 있는
행동에서부터 품을 들여야 하는 것까지. 글의 소제목을 '~하자'
라는 문장에서 '~하기'로 바꾼 것도 그런 맥락에서였죠. 부담을
주지 않도록.
저는 원고를 쓸 때도 계속 의식했던 거 같아요. 나는 이랬다,
나는 무엇을 했다, 하는 식으로 우리가 직접 행한 행동들이지만
이걸 읽는 사람들이 실행에 옮기기까지는 그들의 몫이기
때문에 이와 같은 방식으로 풀어낸 것이 좋았어요.

종길 다들 왜 이렇게 기억력이 이렇게 좋아요? 듣다 보니
그간의 대화들이 떠오르네요.

수진 이야기하다 보면 기억이 잘 나는 것 같아요. 못 하고
지내다가.

각자 우울이라는 감정과 어떤 관계를 맺고 있나요?

현경 오랜 친구죠. 내게 우울은 반려 병이라고 생각합니다.
내가 나 자신의 오랜 간병인이라는 생각을 했어요. 그래서
언제나 나의 정신을, 정신 건강을 케어하는 방향으로 삶의 모든
선택들을 하는 것 같고요.

효진 제게는 엄청 징글징글한 관계랄까요. 지금도 꾸준히 약을
먹고 있고 물리적인 치료도 받고 있어서 정말 밉고 그 과정이
쉽지도 않거든요.
치료를 받은 지 거의 7, 8년이 되어 가니까 '아, 우울증이나
우울이라는 감정이 없었더라면, 내 감정과 나를 잘 알지
못했을 거 같다'라는 생각이 드는 거 있죠. 그전에는 내가 어떤
사람인지 모르고 그저 앞으로만 나아갔던 것 같아요. 그런데
문제가 생기고 나서는 나 자신이나 한계, 범위 같은 것들을 알게
됐어요. 그래서 어떤 면에서는 감사하죠.

현경 저도 생각해 보니, 우울이라는 늪에 빠지기 전에는 좀
오만했던 거 같아요. 오만한 사람. 그런데 그 후로는, 지금은 삶
자체에 꽤 겸손해진 것 같아요.

종길 수록된 글 중 '차근차근 생각하기'에 더 깊은 우울과
무력에 빠져들기 전에 멈춰야겠다는 내용이 있어요. 이 글을

쓸 때 무슨 생각을 했냐면, 나중에 내게 얼마나 좋은 감정을 가져다주려고 이러나왔어요. 신은 인간에게 선물을 줄 때 시련이라는 포장지에 싸서 준다, 라는 말처럼 이런 부정의 감정들이 내게 그만큼의 좋은 무언가를 가져다줄 수도 있겠다는 생각을 하게 됐거든요. 물론 그 상황에서는 아무것도 할 수 없다는 생각이 들잖아요. 그러니 잠깐 멈추고 차근차근히 할 수 있는 일들을 해보자는 거였죠.

효진 서도 공감하는 게, 우리가 우울을 거쳤기 때문에 이 많은 '버튼'을 만들 수 있었던 거잖아요. 우울할 때 누를 수 있는 버튼들을요. 누군가는 우울할 때 무얼 해야 할지 모를 텐데 우리는 오래도록 겪으면서 그걸 알게 되었고, 이토록 많은 버튼들이 생겼죠. 나름의 노하우랄까.

수진 살면서 얻는 지식도 중요하지만 지혜가 더 중요하다는 말이 있잖아요. 노하우라는 게 이런 지혜 아닐까요. 이토록 멋진 지혜를 얻게 해준 것이 우울이니 미운데 미워할 수 없다, 그죠?

종길 애증의 관계네요. 그렇다면 우울이라는 벽을 넘어 변화한 게 있다면요?

수진 우울하기 전에는, 물론 지금도 그런 면이 있지만, 부정적인 감정과 말들을 잘 받아들이지 못했던 것 같아요. 그런데

우울증과 불안 증세를 겪고 나서야 그걸 깨달았어요. 특히 나는
사람을 미워하는 감정이 들면 많이 힘들어했는데, 누군가를
미워하는 게 너무 힘들어서 우울증이 오기 시작했거든요.
그런데 지금은 사람을 이해하는 감정의 폭이 넓어진 것 같아요.
포용 능력이 생겼달까. 저 사람도 힘들었기 때문에 그렇겠구나,
하는 생각도 하고.
개인적으로 좋아하는 장면이 있는데 배우 최강희 씨가
우울증으로 활동을 중단한 적 있대요. 어딘가에서 이런 말을
했어요. "꼭 해주고 싶은 말이 있어. 나는 우울한 사람들 되게
좋아해. 내가 그랬어서 그런지, 생각보다 나쁘지 않고 그대로도
되게 좋다고. 사랑스럽다고 말해주고 싶어. 나는 과거의 나를
생각해 보면 너무 사랑스러워. 그 순간엔 내가 제일 싫고 아무
쓸데데 없는 인간 같고 그랬는데 너무 사랑스러워."라고
말하는 장면이에요. 제가 하고 싶은 말을 모두 관통하는 것
같아요. 그런 우울한 내 모습조차 끌어안을 수 있는 것처럼
타인도 끌어안을 수 있는 방식. 나만의 방식이 생긴 것 같아요.
안 좋은 감정 때문에 사랑에 대해 더 많이 배우는 것 같아.
역설적으로.

효진 사람이 아파봐야 다른 사람의 아픔에 공감할 수 있고,
포용할 수 있는 것 같아요.

수진 하루는 아주 긍정적인 친구에게 "너는 우울한 적이 있어?"라고 물어봤어요. 그 친구는 우울한 적이 한 번도 없다고 말했거든요. 내가 보아온 바로 유추해 보자면, 친구에게도 그런 시기가 있었겠지만, 자기만의 방식으로 잘 해소하면서 살아온 것 같아요. 그 친구는 '앗 차가워', '앗 뜨거워' 하는 순간에 해소할 수 있는 행동을 잘하는 편이었던 거예요. 저는 그렇지 않거든요. 사람마다 방식과 속도가 다르구나 싶더라고요. 후에 친구에게 혹시나 그런 날이 온다면 꼭 말해달라고 했어요. 그 친구가 꺾이는 순간에 내가 필요할지도 모르니까요.

**서로의 '우울에 균열 내는 법'을 보며 느낀 점이나 영향을
받은 점이 있나요?**

효진 얼마 전 이런 얘길 현경과 나눈 적이 있는데, 현경은
관념적이고 큰 덩어리를 다루는 식으로 글을 쓴 반면, 제가 쓴
글은 보다 작고 세세하다는 차이에 대해서였어요. 두 사람의
행동반경이나 움직임의 크기가 달랐다는 점에서 재밌게
다가왔어요.

종길 원고를 모두 모아놓고 보니 그 부분이 재밌긴 했어요.
우리가 쓴 글을 보면 비슷한 게 꽤 있긴 해요. 그런데 비슷한
키워드를 가지고도 각자가 다르게 풀어내는 게 신기하면서도
흥미로웠어요.

수진 저도 정말 비슷하구나 생각했어요. 그리고 사람을
일으키는 게 별것이 아니구나, 우리는 어쩌면 이미 알고
있었구나 하는 생각도 했어요.

효진 나는 이걸 왜 몰랐지, 이런 방법도 있었구나 하는 것들도
많았어요. 감명 깊게 본 글 중에 수진의 청경채 밑동을 보고
귀엽다고 생각하는 내용이 떠올라요. 읽으면서 행복이란 작은
것에서부터 나오는구나 싶었거든요. 종길의 글 중에서는
'사랑하기'가 있는데 이걸 'Love'가 아니라 'Love to Live'로

옮겼거든요. 글의 내용을 관통하는 문장이라 생각해서 맘에
들어요.

종길 그 지점도 결과물로 봤을 때 좋았던 게, 책 제목을 어떤
결로 갈지 고민했잖아요. 영제도 직역하지 말고, 좀 부드럽고
재미있게 가자는 이야기를 나눴던 것처럼 글의 소제목을 모두
그런 방식으로 풀어낸 게 아주 맘에 들어요.

효진 영제는 전반적으로 각 글을 잘 포용하도록 애썼죠.

현경 우리들의 글을 함께 보면서 이 책이 사전이 되면 좋겠다고
생각했어요. 다른 사람들이 쓴 방법이 나한테도 삶의 힌트가 될
수 있겠다는 생각을 했거든요. 그리고 내 걸 쓰면서 잊고 있던
것들이 많이 생각나서 기록하는 과정 자체가 큰 의미 있었던 것
같고요.

효진 저는 읽으면서 나는 지금 이걸 정말 실천하고 있나, 하는
생각도 해봤어요.

수진 이걸 실천하고 있지 않다면 우리는 꽤 건강해졌다는 뜻
아닐까요. 다른 행동들이 일상으로 들어왔기 때문에 내게서
멀어진 행동도 있을 테니까요.

효진 혹시 요즘 새롭게 떠오르는 게 있나요? 저는 원래 없던

방법 중에 친구들을 많이 만나려고 노력하고 있거든요.

수진 그래서 우리가 만난 거지!

현경 앞에서 저는 스스로를 간병인이라 생각한다고 언급했듯이 최근에는 내게 좀 더 잘해주자는 생각을 했어요.

수진 현경 글을 읽으면서 그런 게 많이 느껴졌어요, 나 자신에게 잘해주자는 다짐 같은.

현경 그래서 얼마 전에는 예쁜 그릇을 좀 샀습니다. 수록된 '침구 바꾸기'의 내용과 일맥상통하는 행동이었죠.

수진 제가 쓴 '기둥 세우기'에도 비슷한 내용이 있는데 취향도 포함되는 거 같아요. 취향으로 주변을 꾸미는 것도 기둥 세우기에 속하는 거니까. 저는 요즘 무슨 일이 있어도 밤에 나가서 한 시간씩 걷고 뛰다 돌아오거든요. 거기에 추가된 게 '선녀 목욕'이라고, 최소 30분 정도 오래 샤워를 하는 거예요. 뜨거운 물로 푹 씻고 몸 구석구석을 마사지하는 시간.

효진 저는 요즘 밖에서 90%의 에너지를 쓰고 남은 10% 중에서 5%를 꼼꼼하게 씻는 데에, 5%는 폼롤러를 사용해 몸을 풀면서 스르륵 잠드는 데 써요. 폼롤러 위에서 친구들과 나누었던 이야기도 되짚고요.

수진 효진과 내가 요즘 잠자기 전 루틴이 비슷하네요. 나를 만지고 느껴보는 일. 일상에서 나를 만질 일이 사실 별로 없어.

종길 사실 저는 꽤 오래된 루틴이 하나 있는데, 5초 정도 소요되거든요. 뭐냐면, 잠들기 전에 나를 안아주고 내게 오늘 하루 고생했다고 말해주는 거예요. 내가 날 만져야지, 누가 날 만져주겠어.

프로젝트를 진행하면서 자신 안에서 발견한 무언가가 있나요?

수진 나 잘 지나왔네, 하는 생각. 그래서 이런 걸 글로도 쓸 수 있네, 하는 생각.

종길 원고를 보면서 우리 다 되게 튼튼하다, 하는 생각을 했어요.

효진 안타까운 건 이만큼 나온 것 자체가 치열하게 아픈 시간을 겪었다는 증거라는 것. 이렇게나 많다는 게 슬프긴 했어요.

수진 눈에 보이는 상처라면 밴드라도 붙일 텐데. 아등바등 그 당시를 살아온 기록이죠.

효진 지푸라기라도 잡는 심정이었던 것 같아요. 이거라도 하지 않으면 정말로 잠겨버릴 것 같으니까, 정말 치열하게 싸워온 흔적이라고 볼 수 있겠죠. 문득, 우리가 다들 자랑스럽다는 생각이 드네요.

현경 예전에 누군가 나에게 우울한 글을 썼으면서 밖에서는, 인스타그램에서는 왜 이렇게 밝냐는 말을 했어요. 반면 최근에 어떤 메시지가 왔는데, '그럼에도 불구하고' 건강하게 살아가는 내 모습을 지켜보는 게 참 좋다는 말을 들었고요. 그때 이게

내가 해야 하는 일이라고 생각했어요. 살아가면서 증명해야
하는 일. 단지 잘 사는 거.

효진 사람들이 많이 오해하는 거 같아요. 우울증이나 불안장애
같은 것들에 대해서 항상 울고 불안해하는 것만이 병의
모습이라고 생각하는 경향이 있죠. 그래서 밝음과 어두움의
차이가 내게는 더 큰 것 같아요. 얼마나 밝고 얼마나 어두울지
모르니까, 밝은 상태를 기어코 더 잘, 오래 지켜내려 하죠.

수진 우울증에 대한 시선도 참 다양하잖아요. 저는 우울증을
겪고 있다는 말을 쓰지 않으면 죽을 것 같아서 인스타그램에
글을 적은 적이 있어요. 물론 그러는 동안 수영도 하고 친구들을
만나 술도 마시고 많은 걸 했죠. 밖에서 웃고 지내더라도
집에서는 그것과 다른 내 모습이 있기도 하니까요. 보이는
게 전부는 아닌데 이런 나를 이해받지 못한다는 기분을 떨칠
수 없더라고요. 인스타그램에 나를 어떻게 표현해야 할지
모르겠으니 지웠다가 깔기를 반복했거든요.
내 주변에 편협한 시선을 가진 사람들보다 그렇지 않은, 좋은
사람들이 훨씬 더 많다고 생각해요. 현경이 '내 주변에 너무
좋은 사람이 많아서 나도 좋은 사람이 되고 싶다'는 말을 한 적
있는데, 나도 그렇게 생각해요.

작업 이후 나에게 남은 것은 무엇일까요?

현경 아까 말했지만, 어떤 사전을 얻은 기분. 구체적으로
말하자면 굉장히 얻기 어려운 마법의 사전. 귀엽고도 의미 있는.

효진 잘 살아왔다는 증거를 마련한 것 같아요. 처음으로 적어
보는 책이라서, 내 우울이 글이 되었다는 사실에 뿌듯합니다.

종길 저도 둘과 비슷해요. 사전이나 증거라는 표현도 그렇고.
얼마 전에 여러모로 컨디션과 상황이 안 좋다 보니, 기분이
많이 다운되고 있었는데 그때 이 원고를 봤어요. 그러니
기분이 꽤 나아지더라고요. 생각보다 많이 해소됐어요. 제게
그랬듯 누군가에게도 이 책이 언제든 펼쳐볼 수 있는 무언가가
되었으면 해요.

수진 사전이라는 표현과 비슷한 말로 제게는 10대 때부터
기록한 '인생해설지'가 있는데요. 이 경험 자체가 그곳에
추가될 것 같아요. 저의 해설지란 정답은 아니더라도 나만의
깨달음이나, 기억하고 살아야겠다 싶은 것을 입력해 두는
곳이거든요. 이 경험이 잘 기록될 것 같아요. 살면서 힘든
순간이 올 때, 제가 다시 들춰보는 날이 있을 테니까요.

**특히 추천하고 싶은 각자의 균열 내는 방법이 있다면?
선택한 이유는?**

현경 '어쩔 수 없는 건 어쩔 수 없다고 되뇌기'입니다. 불교
사상에 보면 '고집멸도'라는 말이 있어요. 이게 뭐냐면,
고통은 집착에서 오고 도를 통해 이것을 멸한다는 뜻이에요.
돌이켜보면 집착하는 것으로부터 우울의 시작이 되는 경우가
많은 것 같아요. 쉽게는 삶이나 행복 그 자체에 집착하는 일도
고통을 일으킨다고 생각하고, 돈이나 명에 같은 깃들도 있고요.
사랑, 사람, 내 멋대로 안되는 것들이 있다는 걸 인정하는 게
나한테는 너무 어려웠어요. 그런데 그것들을 놓고 극복해
나간다고 생각을 하니까, 많은 것들이 나아졌어요. 제 인생
모토입니다.

수진 나는 내가 태어난 이유에 너무 집착하면서 살아온 것
같아요. 우울할 때 그런 생각을 너무 많이 하다 보니까 '왜
살지?' 하는 생각이 꼬리에 꼬리를 물고 오고. 그런 식으로
집착과 연결되는 것 같아요.

효진 저도 나의 쓸모에 대해서 집착했던 것 같아요. 나는
쓸모가 없네, 그럼 필요가 없네, 이런 생각이 되어버리는 거죠.
그럴 때 조금 내려놓고 더 놀 걸 그랬어요.

수진 저는 첫 번째로 쓴 글인 '손톱 깎기'입니다. 그것만으로도 많은 걸 해낼 수 있는 것 같아요. 나를 가꾸는 일도 포함되어 있고, 깨끗해진 손으로 할 수 있는 행동으로 이어지고. 저는 손톱 끝에 흰 부분이 보이면 바로바로 잘라요. 계속 그걸 생각하려고요. 추가로, 바셀린을 손톱에 발라주면 손톱이 아주 만질만질해져요.

종길 저는 '사랑하기'입니다. 이유랄 게 있을까요. 사랑만이 정답입니다. 다들 알겠지만, 여기서 말하는 사랑이 연인에 대한 사랑만을 뜻하는 게 아니라 나 자신, 앞서 말한 내 손톱 가꾸기, 길가에 피어난 꽃들까지도 모두 포함하는 말이죠. 언제나 어디서나 늘 말하고 싶은 거예요, 사랑하기.

효진 저는 '누워서 킁킁 주변의 향만 따라가기'인데, 외국에 살면서 정말 힘들었을 때 상담사 선생님께서 추천해 주신 방법이에요. 몸으로 아무것도 못 할 때 유일하게 할 수 있는 일이거든요. 가장 쉬운 방법이라 추천하기도 하고, 제가 가장 아팠을 때의 일이라 많이 기억나기도 해요.

이 책이 어떤 사람에게, 어떤 순간에 닿기를 바라나요?

현경 최근에 나이 차이가 많이 나는 어린 친구랑 대화를 했는데
그 친구가 자신은 왜 살아야 하는지 모르겠다고 말했어요. 그는
우울증 환자고, 마치 나의 어릴 때를 보는 것 같아서 마음이
좋지 않았어요. 그런 친구들한테 넌지시 이 책을 건네줄 수
있으면 좋겠어요. 이런 레시피가 있다고. 편한 선물이 되면
좋겠어요.

효진 저도 그 말에 공감해요. 편한 선물이 된다는 것. 우울에
빠진 사람에게는 말 한마디도 어려운 것 같아요. 제가 그런
상태일 때도 주변에서 당사자에게 날카로운 말이 될까 봐
조심스럽다는 얘기를 들은 적이 있거든요. 그럴 때, 어떤 말도
없이 조심스럽게 이 책을 건네는 마음을 알아줬으면 좋겠어요.

수진 앞선 두 사람이 타인에게 닿았으면 좋겠다고 말했으니,
저는 이 책이 언젠가 우리가 다시 힘들 때 우리에게 닿으면
좋겠다고 생각해요. 병원에 다시 다니면서, 우울은 '감기' 같다는
생각을 했어요. 재채기 같은 거고 알레르기 반응 같은 거라고.
지금 다시 조절할 수 있지만, 살면서 또 어떤 상황에 부닥쳐서
다시 힘들어질지는 알 수 없으니까요. 그때의 나에게, 우리에게
닿는다면 좋겠어요.

현경 감기보다는 당뇨 같은 거 아닐까요.

수진 감기 같다는 표현은 그만큼이나 자주 올 수 있기 때문에
쓰이는 것 같아요. 그런데 지병에 가깝다고 말할 수 있겠네요.

종길 어떤 책에서 읽고 몇 달 동안 마음속에서 품고 있는
단어가 하나 있어요. 바로 '생존자'라는 표현이에요. 여러 사건
사고로 인해서 주변에서 어려움을 겪는 사람들이 많잖아요.
어떤 의미에서 우리도 생존자이고, 우리의 주변 사람들의
다수가 생존자라고 말할 수 있죠. 그래서 가깝고 먼 의미를
아울러 생존자 모두를 위한 책이라고 생각합니다. 그렇게 되면
좋겠고요.

종길 대화를 마무리하면서 한마디 한다면요?

현경 뭐랄까. 이 책의 기획 단계에서는 이런 사람들이 모여서
이런 걸 만들게 될 줄은 전혀 몰랐어요. 같이 아트북을 만들자고
시작을 했는데… 되게 결이 맞는 사람들이 모였구나 싶어요.
아마 각자가 자신만의 아픔을 갖고 있었기 때문이겠죠. 이런
내용을 글로 써내면서 말하지 않은 어려움이 있었을 거라고
생각합니다. 힘들었던 시기가 생각나서 그럴 수도 있겠고, 글
쓰는 과정 자체가 힘들어서일 수도 있고. 저는 개인적으로
어렵지는 않았지만 그때를 복기하는 것 자체가 좋지만은

않았거든요. 그럼에도 이런 프로젝트가 누군가에게 무해한 선물이 되면 좋겠다고 생각합니다. 마지막 내지 작업을 하고 표지 작업도 하고 난 뒤에 어떤 결과물이 나올지 기대됩니다. 좋은 피드백이 오면 너무 기분 좋을 것 같아요. 감사합니다!

종길 마지막 에필로그 작업을 하면서 이 책의 제목이 "세상에서 가장 찬란한 네 사람의 일기"일 수도 있겠다는 생각을 했습니다. 어둠은 다시 찾아올 테지만, 당신을 비추는 밝음을 느끼고 즐기는 날이길 바랍니다. 부디 눈부시게 살아가요.